Michael Tosch

Erstens kommt der Mörder und zweitens bist du tot

Juist Krimi

Michael Tosch

Erstens kommt der Mörder und zweitens bist du tot

Niemand ermittelt

Juist Krimi

Die Personen und die Handlung des Romans sind frei erfunden. Etwaige Ähnlichkeiten mit tatsächlichen Begebenheiten oder lebenden oder verstorbenen Personen wären rein zufällig.

Impressum

Auflage

1 / 22

Texte: © 2022 Copyright by Michael Tosch
Umschlag: © 2022 Copyright by Michael Tosch
Umschlagfotos © 2020 Ruth Hermann
Verantwortlich
für den Inhalt: Michael Tosch
Gerichtsstraße 23a
65385 Rüdesheim am Rhein
michael.tosch@tosch-team.com

Druck: epubli – ein Service der Neopubli GmbH, Berlin

für

Ruth & Gerd

Danke

Mittwoch, 15.07. - Günther im Penthaus

Günther Kallenbach fuhr mit dem Lift zum Penthaus hinauf, schloss die Eingangstür auf, zog den Schlüssel aus dem Schloss und steckte ihn in seine Hosentasche. Er warf die Tür zu und hörte, wie sie hinter ihm ins Schloss fiel. Ohne sich umzudrehen, ging er durch den kleinen Flur ins Wohnzimmer und ließ sich erschöpft in den Sessel fallen, der mitten im Raum stand. Nach einem Moment der Ruhe nahm er die Fernbedienung und schaltete den Fernseher ein. Das laufende TV-Programm interessierte ihn nicht sonderlich, er schloss seine Augen und dachte nach. Die letzten Stunden gingen ihm nicht aus dem Kopf.

Ihm wurde bewusst, dass seine Müdigkeit wahrscheinlich von der langen Anreise herrührte. Günther war aus geschäftlichen Gründen am Sonntag nach Berlin gefahren und reiste von dort am Dienstag mit seinem Pkw direkt nach Norddeich. Was war eigentlich alles passiert, seit er sein Auto gestern in Norddeich auf dem Parkplatz abstellte?

Am frühen Nachmittag war er mit der Fähre von Norddeich nach Juist gefahren. Auf der Fähre hatte er Ärger mit einem Mann, der ein Gedränge verursachte und ihm zu dicht auf die Pelle rückte. Günther war genervt und wies auf die Coronaregeln hin und forderte den Fremden auf, Abstand zu halten. Als der Mann sich entschuldigte, beruhigte sich Günther etwas.

Am Haus angekommen, konnte er seinen Schlüssel nicht finden und kam deshalb nicht in das Penthaus hinein. Dabei war er sich sicher, den Schlüssel eingesteckt zu haben. Er rief daraufhin seinen Freund Professor Wolfgang Plaumann an und der organisierte einen Schlüssel, indem er die Verwaltungsfirma Juist-Immo anrief, die für die Verwaltung der Penthaus-Wohnung zuständig war. Die besaßen zwei Schlüssel, einen, den die jeweiligen Gäste während des Urlaubs im Penthaus benutzten und einen weiteren, weil sie die Reinigung der Zimmer durchführten, wenn die Gäste wieder das Penthaus nach dem Urlaub verließen. Ein Mitarbeiter kam am späten Nachmittag und brachte einen Schlüssel. So konnte Günther doch noch in das Penthaus hinein.

Nachdem er dann sein Zimmer bezogen hatte, ging er in ein benachbartes Restaurant und aß eine Kleinigkeit. Großen Hunger hatte er nicht, er war einfach nur müde und trank, als er zurück war, vor dem Fernseher noch ein Bier. Dann fiel er ins Bett, konnte aber nicht tief schlafen, da ihm die lange Autofahrt in den Knochen steckte.

Heute Morgen war er relativ früh auf den Beinen. In der Küche bereitete er sich einen Espresso zu und ging hinaus auf die Terrasse. Im Stehen genoss er, in kleinen Schlucken, sein heißes Getränk. Er war immer wieder von dem Ausblick fasziniert, den man von der Terrasse aus geboten bekam. In Richtung Norden konnte man die Dünen sehen, die ihm leider den Blick auf die Nordsee versperrten. Allerdings war das Wattenmeer gut zu sehen und sogar etwas vom Geschehen rund um den Hafen bekam man mit.

Als er seine Tasse Espresso ausgetrunken hatte, nahmen seine Sinne auch andere Empfindungen wahr.

Er hörte das Rauschen der Brandung über die Dünen hinweg und die Luft war vom typischen Duft der Nordsee angereichert. Aus Richtung Ortsmitte erklang das Klappern der Hufe von mehreren Pferdefuhrwerken. Eine leichte Brise, zwar kühl, aber mehr oder weniger erfrischend spürte er durch sein T-Shirt hindurch. Die Sonne strahlte am Morgenhimmel, dessen leuchtendes Blau einen wunderschönen Tag versprach.

Ich bin wieder auf Juist, dachte Günther und er fühlte sich rundherum wohl.

Er verwarf den ursprünglichen Gedanken, sich ein paar Brötchen zu kaufen, um sich dann in der Küche Rühreier zu brutzeln. Allein zu frühstücken, war doch eher langweilig.

In einem benachbarten Hotel nahm Günther ein Frühstück zu sich und marschierte dann zum Strand. Zunächst wollte er für heute einen Strandkorb mieten, entschloss sich aber dann, am Wasser ein Stück durch den Sand zu laufen. Er marschierte in Richtung Loog und legte sich am Rande der Dünen in den Sand. Günther genoss die herrliche Luft und den inzwischen warmen Wind. Es dauerte nicht lange, dann schlief er ein.

Als Günther wieder erwachte, hatte er sein Zeitgefühl völlig verloren. Er schaute auf seine Armbanduhr und erschrak, es war bereits 11:00 Uhr. Demnach musste er ungefähr eine Stunde tief und fest geschlafen haben.

Er spürte, dass die Sonne sein Gesicht leicht verbrannt hatte. Günther erhob sich und ging dann am Strand zurück in Richtung Dorf.

Ein erneuter Blick auf seine Uhr festigte seinen Entschluss, möglichst schnell wieder zurück ins Penthaus zu gehen. Bald würden seine Freunde eintreffen und auf die freute er sich. Deshalb verließ er den Strand und lief dann strammen Schrittes über die Billstraße in Richtung Dorf.

Inzwischen verspürte Günther ein leichtes Hungergefühl und kaufte sich in der Strandstraße an einem Imbiss eine Bratwurst, die er auf der Stelle verputzte.

Dann marschierte er in Richtung Penthaus und wollte dort auf das Eintreffen der Anderen warten.

Bevor er nach oben fuhr, leerte er den Briefkasten im Foyer. Nur zwei Briefe, an Professor Plaumann gerichtet, lagen darin. Üblicherweise kümmerte sich die Verwaltungsfirma um die Post. Aber die zwei Briefe nahm Günther mit und legte sie zu der anderen Post, die bereits oben auf der Kommode im Flur lag.

Dann setzte er sich in den Sessel vor dem Fernseher, schaltete das Gerät ein und zappte durch die Programme. Alle nur sinnloses Zeug, dachte Günther und schloss seine Augen, konnte aber nicht schlafen. Der Fernseher war viel zu laut, aber er war zu faul, um ihn mit der Fernbedienung leiser zu stellen.

Er öffnete die Augen wieder und verspürte, dass er jetzt gut einen Drink vertragen könne.

In der Bar des Wohnzimmers gab es Whisky, Rum, Cognac und ähnliche Alkoholika. Ich brauche jetzt eher ein kaltes, alkoholisches Getränk, dachte er, obwohl er sonst sehr gern einen Cognac trank.

Also erhob er sich aus dem Sessel und ging hinüber in die Küche.

Er nahm ein Longdrink-Glas aus dem Schrank und gab eine Handvoll Eiswürfel und etwas Grenadine hinein. Dann nahm er den Shaker und mixte Zitronen- und Orangensaft. Im Rezept waren 2 cl Zitronensaft und 100 ml Orangensaft angegeben, das wusste er, aber jetzt nahm er es nicht so genau. Er maß die Flüssigkeiten nicht ab, sondern schätzte die Menge frei nach Schnauze. Daher wurde auch der Anteil des Tequilas etwas größer als 4 cl. In den Shaker kamen dann noch einmal 4 Eiswürfel und dann schüttelte er. Das Shaken gefiel ihm immer dann besonders gut, wenn er Stress hatte. Dann konnte er seine Aggressionen in das Schütteln stecken. Er hatte noch nie darüber nachgedacht, ob sein Alkoholkonsum mit seinem Job als Anwalt korrelierte.

Günther goss den Cocktail durch ein Sieb in das vorbereitete Glas und verzichtete bewusst auf die Dekoration mit Orangenscheiben. Sein Cocktail Tequila Sunrise war fertig.

Er nahm einen ersten Schluck und war mit sich und dem Ergebnis hochzufrieden. Ich habe wohl den Fernseher zu laut angestellt, dachte er, als er hinter sich ein Geräusch hörte.

Mit dem Glas in der Hand drehte er sich herum und erlitt fast einen Herzinfarkt. Ein Mann stand direkt hinter ihm. Über sein Gesicht hatte er eine Maske gezogen, eine Sturmhaube, wie sie Motorradfahrer unter ihrem Helm tragen.

Günther rief:
»Was wollen sie? Wer sind sie?«
»Halt die Klappe.«

Günther fiel ihm vor Angst ins Wort und schrie:

»Hau bloß ab, mach, dass du wegkommst aus meiner Wohnung!«

»Deine Wohnung? Das ist nicht deine Wohnung, Blödmann.«

Das Messer in der Hand des Gegenübers war verdeckt, Günther konnte es nicht sehen. Er spürte, wie die Angst von ihm Besitz ergriff. Er war nie ein mutiger Mensch gewesen, machte einen Schritt nach vorn und überlegte, ob er um Hilfe schreien solle.

Doch bevor er auch nur einen Laut herausbrachte, hatte das Messer zunächst seine Rippe getroffen, der zweite Stich bohrte sich in seine Lunge und der dritte Stich traf sein Herz, was zu einem sofortigen Blutdruckabfall führte.

Er hatte noch versucht, den Angriff abzuwehren, aber die Attacke erfolgte so schnell, dass er keine Chance dazu bekam.

In Günthers Gesicht war mehr Erstaunen als Schmerz zu sehen, er verlor sein Bewusstsein und sackte auf dem Küchenboden zusammen. Das Glas mit dem Cocktail zerbrach mit lautem Klirren auf den Fliesen.

Die Swinger-Clique

Sie saßen zu sechst am Flugplatz Essen/Mülheim im Restaurant Check-in. Professor Wolfgang Plaumann schaute zu seiner Freundin Sophie Schmitz, die ihm am Tisch direkt gegenübersaß und sagte:

»Ich freue mich, es geht wieder los, die Swinger sind on tour.«

»Ist ja inzwischen auch schon wieder ein Jahr her, dass wir auf Juist waren mit der Clique.«

Sophie bekam leuchtende Augen bei ihren Worten.

Wolfgang schaute sich um und sagte:

»Nachdem wir uns jetzt hier getroffen haben und uns noch nicht alle kennen, schlage ich vor, dass jeder von uns, kurz ein paar Worte von sich sagt und sich vorstellt, damit wir wissen, wer eigentlich wer ist. Ich fange am besten gleich an. Mein kompletter Titel ist Professor Doktor Wolfgang Plaumann. Es versteht sich von selbst, dass wir uns alle mit unseren Vornamen und mit ‚Du' anreden. Also ich bin Wolfgang. Ich bin Chefarzt in einer Klinik in Meerbusch. Zusammen mit Kai, Günther, Walter und Manuel habe ich die Swinger vor fünfzehn Jahren gegründet. Swinger haben wir uns genannt, weil wir alle Golfspieler sind und, für diejenigen von euch, die vom Golfen keine Ahnung haben, die Golfspieler nennen den Schwung, den sie mit ihrem Schläger ausführen, auf Englisch Swing.«

»Swingen kenne ich allerdings etwas anders, und das gefällt mir besser als Golf spielen. Wer von euch war schon mal in einem Swingerclub?«

Sophie musste unbedingt ihren Senf dazugeben, vor allem, wenn es sich um das Thema Sex drehte.

»Komm doch zurück auf unser Thema«, Wolfgang war etwas ungehalten, »stell dich doch besser jetzt selbst vor.«

»Das wollte ich ja gerade«, war die schnippische Antwort von Sophie. Dann fuhr sie fort:

»Ich bin Sophie, Sophie Schmitz. Ich arbeite in der Klinik von Wolfgang und leite dort die Verwaltung. Bei den Swingern hier bin ich jetzt schon zum dritten Mal dabei«, sie wandte sich an die beiden anderen Frauen, »ich kann euch den einen oder anderen Tipp geben, was so auf Juist alles abgeht. Tipps fürs Bett braucht ihr von mir sicher keine.«

Über ihren letzten Satz musste sie selbst am meisten kichern. Dann nahm sie ihre Serviette vom Tisch, knüllte sie zu einem Papierball zusammen und warf den zu Helene und sagte:

»Mach du bitte weiter.«

Helene fing die Papierkugel sicher auf, schaute sich im Kreis um und sagte:

»Mein Name ist Helene **Krautmann**. Ich komme aus Köln, wohne dort auch und leite die Marketingabteilung bei einem Pharmaunternehmen. Den Wolfgang kenne ich schon vom Golfspielen her. Daher kenne ich auch den Walter, an den ich jetzt weitergebe.«

Sie gab die Papierkugel an Walter weiter, der direkt neben ihr saß.

»Ich bin Walter **Dachhauser** aus Düsseldorf. Ich bin selbstständiger Unternehmensberater. Ich war von Anfang an bei den Swingern hier dabei.«

Walter nahm die Serviettenpapierkugel und warf sie zu Claudia. Claudia nahm die Kugel, druckste etwas herum und sagte dann ziemlich leise:

»Ja, was soll ich sagen, ich bin Claudia Karges, ich bin die Freundin von Günther, der ist schon auf Juist.«

»Und was machst du beruflich?«, wollte Helene wissen.

»Ich bin Verkäuferin in einem Düsseldorfer Autohaus.«

Claudia warf den Papierball zu der Frau, die ihr direkt gegenüber auf der anderen Seite des Tisches saß. Die fing die Kugel auf und sprach:

»Marianne Bertrand, so heiße ich. Ich bin bei einem Kaufhaus in Düsseldorf beschäftigt als Model für Damenmoden. Ich bin die Freundin von Kai, aber der kommt nach und fährt auch mit dem Auto nach Juist.«

Wolfgang meldete sich erneut zu Wort:

»Unsere Gruppe ist allerdings noch nicht vollständig. Im Augenblick fehlen vier unserer Freunde. Da ist zunächst der Kai, der ist Gastronom, ihm gehört das Restaurant Chez Balaou in Düsseldorf. Er hat Termine und kommt mit dem Auto. Ich glaube, seine Fähre geht morgen. Dann fehlt hier der Manuel Wallmann, der hat einen Coiffeursalon auf der Kö und ist auch von Anfang an bei uns Swingern. Manuel reist selbst an, kommt mit seinem Auto und bringt seinen Freund mit. Den kenne ich auch noch nicht, ich glaube aber, der heißt Friedhelm. Und dann fehlt noch der Günther, der ist Rechtsanwalt und ist gestern schon angereist und wartet auf Juist auf uns, ihr werdet ihn kennenlernen. So, das ist unsere Mannschaft oder besser gesagt, das sind wir Swinger und ihr«, Wolfgang schaute die Frauen in der Runde an und fuhr fort,

»ihr, unsere wunderschönen Begleiterinnen. So, wir haben uns alle vorgestellt. Hat noch jemand eine Frage?«

»Ja, ich. Wann starten wir endlich?« Helene wirkte etwas ungeduldig.

»Meine Cessna, ich nenne sie Airrover, weil sie mich an einen Landrover erinnert, die wird gerade noch gecheckt und betankt«, Wolfgang schaute auf seine Armbanduhr, »ich denke ungefähr 30 Minuten wird es noch dauern.«

Helene schaute interessiert zu Wolfgang rüber:

»Was hast du denn für einen Vogel? Ich spreche von deiner Cessna. Wie viele Leute gehen denn da rein?«

»Das ist eine Cessna 208 Caravan, eine Turboprop-Maschine mit einem Triebwerk Baujahr 1988. Die habe ich mir 2005 gekauft. Ich habe sie hier am Flughafen Essen/Mülheim stehen. Hier habe ich sogar einen Platz im Hangar und lasse sie auch hier warten. In meiner Cessna haben zehn Personen Platz. Das passt genau für unsere Golf-Swinger und deren Begleiter.«

Marianne grinste und sagte: »Wie sagt man immer so schön? Spielst du schon Golf oder bist du noch sexuell aktiv?«

Wolfgang antwortete: »Ja, ein weitverbreiteter Spruch. Wenn mir einer damit kommt, antworte ich immer: Ich hoffe, dass du von Sex mehr Ahnung hast, als vom Golfspielen. Golf spielen ist nämlich das Schönste, was man in angezogenem Zustand machen kann.«

»Haben wir beide noch nie in angezogenem Zustand gevögelt? Solltest du mal mit mir machen, das gefällt mir nämlich auch.«

Sophie wollte ihren Lover offensichtlich provozieren, doch der konterte sofort:

»Ich sagte doch, Golf ist angezogen schöner!«

»Wie meinst du das denn jetzt?«, Sophie war etwas begriffsstutzig.

»Das hast du doch gehört, er will nicht mit dir vögeln, zumindest nicht, wenn er angezogen ist.«

Helene Bemerkung löste bei Sophie Frust aus und sie schmollte: »Ihr versteht wohl alle keinen Spaß.«

Marianne kam wieder auf das Thema Golf zurück und fragte:

»Ich habe gehört, dass Golfer oft ihren Job oder die Familie vernachlässigen, weil sie lieber auf dem Golfplatz sind.«

Walter Dachhauser hatte sofort seinen Lieblingswitz parat:

»Zwei Golfer sind mitten in ihrer Golfrunde, als am Rande des Platzes ein Trauerzug vorbeizieht. Der Eine bleibt stehen, nimmt seine Kappe ab und spricht ein leises Gebet. Da reklamiert der zweite Golfer und fragt, warum er denn betet und nicht weiterspielt. Antwortet der Andere: ‚Schließlich war ich fünfzehn Jahre mit ihr verheiratet'.«

Fast alle lachten, nur Helene verzog etwas angesäuert das Gesicht.

Wolfgang hatte keine Lust an dem dummen Gequatsche. Es war ihm zuwider so offen über Sex zu reden, aber von Sophie war er es schon gewohnt. Er beschloss, sich geistig aus dem Gespräch zurückzuziehen.

Er dachte lieber an seine Cessna, denn er war mächtig stolz auf seine alte, aber zuverlässige Cessna 208 Caravan und ans Golf spielen.

Mit den Swingern ging es 2007 los. Professor Plaumann, Günther Kallenbach und Kai Sageball lernten sich beim Golfspielen kennen und waren schnell befreundet, da sie noch eine andere Gemeinsamkeit teilten. Bei einer privaten Feier nach einer Herren-Golf-Runde trafen sie auf vier Frauen, die mit anderen eine Junggesellinnen-Abschiedsparty feierten. Es kam, wie es kommen musste. Sie landeten zu siebt im Bett und man tauschte sich untereinander ausgiebig aus. Dabei war auch die Braut, die am nächsten Tag heiraten wollte.

Die drei Männer beschlossen danach, dass man das Gefühl der Einengung in einer Ehe, durch ‚kleine Fluchten' auflockern könne und sie systematisierten ihr Fremdgehen.

Zu der Zeit gab es auf Juist ein witziges Golfturnier. Bereits zum 7. Mal fand 2010 am Juister Inselstrand an der Nordsee das außergewöhnlichste Golfturnier Deutschlands statt. Auf dem 250 Meter breiten Strand wurde ein 3.096 Meter langer Par 36 ‚Links-Course' angelegt. Abschlagsfelder und farbig gekennzeichnete Fairways zeigten den Weg zu den Fahnen. Das Ziel war an jedem Loch ein 30 Quadratmeter großes Kunstrasen-Green. Einen Golfplatz für nur vier Tage auf dem 17 Kilometer langen Strand, das gab es europaweit kein zweites Mal.

Professor Plaumann, Günther Kallenbach und Kai Sageball spielten zusammen damals bei diesem Turnier mit. Alle drei waren begeistert. Ein Jahr später kamen dann die

Freunde Walter **Dachhauser** und Manuel **Wallmann** dazu, aber das Golfturnier auf Juist gab es nicht mehr.

Als er die Schönheit und die Besonderheiten der Insel entdeckte, entschied sich Wolfgang im Jahr 2012 das Penthaus zu kaufen, das seinerzeit angeboten wurde. Im Wohnkomplex gab es damals vier Schlafzimmer. Plaumann ließ es so umbauen, dass alle fünf, ein eigenes Zimmer mit einem eigenen Bad bekamen, jeder der Freunde besaß sein eigenes Reich. Jetzt hatten sie alle einen Platz für ihre jährlichen ‚kleine Fluchten'.

Damals gründeten sie ihren **Swingerclub** und gaben sich strenge Regeln. Vereinbart wurde, dass einmal im Jahr ein Jahrestreffen, an einem festen Termin, der Swinger auf der Insel Juist stattfinden soll. Offiziell deklarierten sie das Treffen als Männer-Golfwoche. Jeder konnte und sollte seine aktuelle Freundin und keinesfalls die eigene Frau mitbringen. Die Ehefrauen durften natürlich nichts von dem Treiben erfahren. Zusätzlich hatte jeder das Recht, einen weiteren Termin, für eine Woche zu buchen, um im Penthaus Urlaub zu machen, dieses Mal, falls gewollt, mit Ehefrau. Dafür zahlte jeder einen festen Betrag an Wolfgang, den Besitzer. Die Anreise zum Jahrestreffen mit dem Flugzeug war im Preis enthalten. Die privaten Anreisen zahlte jeder selbst.

Professor Wolfgang **Plaumann** gab das Penthaus an eine Verwaltungsfirma, **Juist-Immo**, die dann die Räumlichkeiten frei vermieten konnte und sich um die jeweilige Endreinigung kümmerte.

Die Anreise

Manuel Wallmann war homosexuell. Er wollte zum diesjährigen Swinger-Treffen seinen neuen Lover Friedhelm mitbringen, von dem sein Ehemann nichts wissen durfte. Manuel hatte sich entschieden, in diesem Jahr nicht im Flugzeug mitzufliegen und war bereits am Vortag mit seinem Porsche gestartet.

Er hatte sich vorgenommen, seinem Freund etwas Einmaliges zu zeigen.

Das Zwillbrocker Venn befindet sich im Münsterland, westlich von Vreden nahe dem Ortsteil Zwillbrock, unmittelbar an der Grenze zu den Niederlanden, und ist aus einem Hochmoor entstanden. Im Venn gibt es Flamingos; es gilt als nördlichste Brutstätte der rosafarbenen Vögel weltweit.

Von Aussichtskanzeln oder einem Aussichtsturm konnten die Besucher die Vögel beobachten.

Manuel und Friedhelm bestiegen beide den Aussichtsturm und zählten insgesamt 40 bis 50 Flamingos. Flamingos waren nämlich die Lieblingsvögel von beiden. Ein wahrhaft wunderbarer Anblick.

Nach dem Ausflug ging es zurück zum Auto und Manuel lenkte seinen Porsche Richtung Gronau und fuhr dort wieder auf die Autobahn.

Im Romantik Hotel Reichshof in Norden übernachteten beide und hatten viel Zeit am nächsten Morgen die Frisia-Fähre in Norddeich zu erreichen. Manuel parkte seinen Porsche auf dem Parkplatz P2 und sie hatten dann genügend Zeit zur Fähre zu kommen. Um 13:15 ging es los und gegen 14:45 Uhr sollten sie im Hafen auf Juist ankommen.

Professor Plaumann und Walter Dachhauser landeten, inklusive der Freundinnen, gegen 14:00 Uhr mit dem Flugzeug auf Juist.

Bis alle Formalitäten erledigt waren und die Maschine am Flugplatz gesichert abgestellt wurde, dauerte es ein wenig. Doch dann konnten sie am Verkehrslandeplatz Juist, so die offizielle Bezeichnung, die Pferdekutsche besteigen, die Wolfgang Plaumann vorab bestellt hatte.

Kaum saßen sie alle im Pferdefuhrwerk, als Sophie loslegte.

»Ich bin ja sehr gespannt, wie der Typ von unserer kleinen Schwuchtel sein wird. Weiß jemand von euch, wie der Lover heißt?«

Helene war eher eine introvertierte Frau. Als sie die Frage von Sophie hörte, dachte sie sich ihren Teil und beschloss, als Neuling in der Runde, erst einmal ihre Meinung für sich zu behalten.

Marianne, die Geliebte von Kai Sageball, legte weniger Zurückhaltung an den Tag.

»Wer ist denn die Schwuchtel? Ich bin ja neu hier, vielleicht klärt mich mal jemand auf.«

»Die Schwuchtel? Das ist unser Manuel Wallmann. Der hat einen exklusiven Friseur-Salon ...«

»Coiffeursalon, so heißt das«, unterbrach Wolfgang das Gespräch. »Kennt ihr den Unterschied zwischen einem Friseur und einem Coiffeur?«

Alle schüttelten den Kopf oder schwiegen.

»Na, der Unterschied sind 80 Euro.«

Wolfgang konnte sich schier ausschütten vor Lachen. Den Witz hatte er schon tausende Male erzählt, fand ihn aber immer noch klasse.

Marianne ließ nicht locker und sagte: »Habt ihr keine Probleme damit, dass ein schwuler Typ zu eurer Clique gehört?«

Walter schüttelte den Kopf.

»Der Manuel ist ein ganz prima Kerl. Und sein Schwulsein ist für uns kein Problem. Ich finde zum Beispiel so toll an ihm, dass er nicht so tuntet, wie das manchmal bei Homos der Fall ist. Außerdem ist er sehr klug und ein guter Golfer ist er auch.«

Wolfgang kommentierte: »Solange er mich nicht umpolen will und mich in sein Bett zu zerren versucht, akzeptiere ich ihn.«

Dann lachte er wieder über seinen eigenen Spruch am meisten.

»Dich kann man doch gar nicht umpolen, du bist viel zu stur dafür«, Walter liebte es, Wolfgang mit spöttischen Bemerkungen abzuqualifizieren.

»Was ist denn tunten?«, Marianne kannte den Begriff nicht.

»Ich glaube, den Ausdruck gibt es offiziell gar nicht. Der wird allerdings oft benutzt, wenn man das Verhalten einer Tunte, also eines Schwulen beschreiben will. Viele Homosexuelle legen ein affektiertes Verhalten an den Tag, so wie sie sprechen und sich bewegen.«

»Im vergangenen Jahr hatte der Manuel den Volker dabei, das war eine richtige Tunte und als Typ ein vollkommener Idiot, ich konnte den nicht leiden.«

Sophie war immer sehr schnell festgelegt, was ihre Meinung zu anderen betraf.

»Viel schlimmer war aber die alte Freundin von Günther. Die machte ständig alle Kerle in unserer Swinger-Gruppe an. Die hatte nichts anderes als Sex im Sinn. Wie ich gehört habe, hat Günther sich von ihr getrennt.«

Bevor Sophie weiterreden konnte, schaltete sich Claudia ein:

»Bevor du weiter quatschst, ich bin die neue Freundin von Günther. Ich habe Sex übrigens auch sehr gerne und es könnte passieren, dass ich dir deinen Kerl auch mal ausspanne.«

Dafür, dass Claudia neu in der Runde war, hatte sie ein ziemlich großes Mundwerk.

»Da bin ich aber sehr gespannt drauf«, meldete sich Wolfgang zu Wort, »der Kerl von Sophie bin nämlich ich.«

»Macht doch nichts, du wirst dich bestimmt nicht wehren, wenn ich es darauf anlege.«

Claudia grinste frech zu Wolfgang rüber.

Und nach kurzer Pause legte Sophie nach:

»Und was die immer für Klamotten trug, so richtig nuttig sah die aus. Außerdem zog sie immer ständig über andere her. Besonders an uns Frauen ließ sie kein gutes Haar.«

»Das nennt man dann wohl Stutenbissigkeit, was ihr jetzt treibt. Oder?«, schaltete sich Wolfgang wieder ins Gespräch ein.

»Findest du auch, dass ich wie eine Nutte angezogen bin?«, wollte Claudia von Sophie wissen.

»Aber vielleicht bist du ja im Bett, wie eine Nutte«, legte Sophie nach.

»Der Unterschied ist, eine Nutte geht mit Kerlen ins Bett, wegen der Kohle. Ich mache das, weil ich Spaß daran habe.«

Wo bin ich hier bloß hingeraten, dachte Helene. Sie nahm sich vor, sehr vorsichtig im Umgang mit der Clique, hauptsächlich mit den Frauen, zu sein.

»Ach, das habe ich euch noch nicht erzählt«, Wolfgang fiel plötzlich etwas ein, »Günther rief mich gestern an, als er auf Juist eintraf. Stellt euch vor, er hatte doch tatsächlich seinen Schlüssel daheim vergessen und kam nicht in die Wohnung rein.«

»Und, wie habt ihr das Problem gelöst?«, fragte Walter.

»Ich habe Juist-Immo, die Firma, die unser Penthaus verwaltet, angerufen und die haben dem Günther ihren Schlüssel gebracht. Den benötigen die aber wieder zurück, sonst können sie die Endreinigung, wenn wir weg sind, nicht durchführen.«

»Günther wird diesen Schlüssel sicher auch noch verlieren.«

Walter malte sich die Situation aus und sah vor seinem geistigen Auge, wie Günther in diese prekäre Lage geriet. Er musste schmunzeln.

»Zum Glück bist du nicht wie ein Bauerntrampel gekleidet, so oldschool«, wandte sich Sophie wieder an Claudia, »du hast ganz schicke Klamotten an, genau wie ich auch.«

Na, deine Bluse, die du trägst, wurde zum ersten Mal bei der Eröffnung der Cheops-Pyramide getragen, so dachte Helene, wagte es aber nicht, den Spruch loszulassen.

Sophie trug eine Bluse, die so geschickt geknöpft war, dass ihre Brüste manchmal in Versuchung gerieten, sich der Öffentlichkeit zu zeigen. Sie liebte es, wenn die Kerle auf und in ihren Ausschnitt starrten.

»Ich würde am liebsten gleich an den Strand gehen und mich in die Sonne legen.«

»Ich denke«, meinte Marianne, »im Penthaus gib es eine Terrasse, auf der wir uns auch in Liegestühle schmeißen können. Das hat Kai mir erzählt. Stimmt doch, oder?«

»Ja, Kai hat dir das richtig erzählt. Liegestühle haben wir im Penthaus.«

Aber Sophie schaltete sich sofort wieder ein: »Aber es ist doch viel geiler am Strand, die Luft, der Sand, das Rauschen des Meeres. Ich liebe das.«

»Ich dachte immer, du würdest mich lieben«, reklamierte Wolfgang.

»Aber nicht am Strand, im Sand ist das nicht so erotisch, auf der Terrasse, okay, darüber können wir reden«, konterte Sophie.

Es dauerte ca. 30 Minuten, bis sie mit dem Fuhrwerk vor dem Haus ankamen, in dem sich oben das Penthaus befand. Munter schwatzend luden sie ihr Gepäck ab und schleppten es in das Foyer des Gebäudes. Nur Helene hielt sich weitgehend aus den Gesprächen raus und dachte sich ihren Teil.

»Es ist ein Brauch, den wir pflegen, dass das Gepäck erst einmal hier stehen bleibt. Wir Männer fahren zunächst hoch ins Penthaus und bereiten alles vor, damit wir euch anschließend oben einen würdigen Empfang bereiten können. Wenn wir alles fertig haben, holen wir euch hoch. Erst später bringen wir Männer dann das Gepäck mit dem Lift nach oben, das ist Ehrensache. Da drüben ist eine Sitzgruppe, da könnt ihr so lange Platz nehmen. Es dauert höchstens 15 - 20 Minuten, dann holen wir euch. Alles klar?«

Die Frauen nickten und nahmen erwartungsvoll auf dem Sofa und einem Sessel Platz.

Kaum waren die Männer im Lift verschwunden, wandte sich Sophie an Marianne und fragte: »Sag mal, wie kommst du denn mit dem Kai klar?«

»Wie meinst du das?«

»Na, der ist ja noch nicht hier, aber ich kenne ihn schon länger, der ist immer so kratzbürstig zu Wolfgang, ist der zu dir auch so. Und wie ist der überhaupt?«

»Was willst du denn jetzt mit deiner Frage von mir wissen? Wie soll der sein? Worauf bezieht sich das? Was meinst du mit überhaupt?«

»Mein Gott, stelle dich nicht so an. Wie der so im Bett ist? Der sieht für mich nicht so aus, als wäre der eine Granate in der Kiste. Erzähl doch mal.«

Bevor Marianne antworten konnte, platzte Helene der Kragen:

»Was stellst du denn hier für Fragen? Was geht dich das denn an, wie der im Bett ist? Oder treibt ihr es hier bunt, bummst ihr hier alle durcheinander? Partnertausch und so?«

»Das wäre doch mal was, ich würde mitmachen. Du etwa nicht?« Sophie strahlte erwartungsvoll.

»Ihr labert ganz schön blödes Zeug«, Claudia hatte zugehört und schüttelte den Kopf, »ich bin auch hier, weil ich mich darauf freue, mit Günther zusammen zu sein, schließlich liebe ich ihn.«

»Ich habe keinen Bock, darüber in der Öffentlichkeit zu reden!« Helene stand vom Sessel auf und ging vor die Haustür, an die frische Luft.

Sofort hakte Sophie nach. »Marianne, was sagst du denn zu der? Als, wenn hier unser Treffen nichts mit Sex zu tun hätte und Vögeln kein Thema wäre. Die weiß wohl nicht, wozu wir alle hier sind.«

»Doch nicht zum Partnertausch oder Gruppensex. Oder habe ich da etwas missverstanden?«, Marianne schüttelte den Kopf. »Ich habe jetzt auch keine Lust, über das Thema zu reden.«

Die Abfuhr, die Sophie offensichtlich erlitt, führte zu eisernem Schweigen. Auch als Helene wieder hereinkam und sich zurück in die Sitzgruppe setzte.

Plötzlich wurde die Haustür aufgerissen und Manuel und sein Freund Friedhelm erschienen.

Manuel rief:

»Schaut mal, wen wir mitgebracht haben. Der Kai war auf derselben Fähre wie wir. Wir haben uns allerdings erst beim Aussteigen getroffen. Toller Zufall.«

Kai kam hinter den beiden anderen hervor und begrüßte und umarmte seine Freundin Marianne. Die drei Männer gingen auf die vier Frauen in der Sitzecke zu.

Kai sagte: »Hallo zusammen, ich bin Kai Sageball aus Düsseldorf.«

Helene bemerkte: »Ach, der mit der Kneipe.«

Kai verzog sein Gesicht, verzichtete aber auf eine Antwort und Manuel stellte sich und seinen Freund vor.

»Sind die Männer hoch ins Penthaus gefahren und bereiten die Begrüßungszeremonie vor?«, wollte er von den Frauen wissen.

»Wir werden gleich nach oben geholt, kann nicht mehr lange dauern.« Sophie informierte die beiden Männer.

»Dann bleiben wir beide jetzt auch hier und warten und wenn wir geholt werden, dann fahren wir alle zusammen hoch ins Penthaus.«

Kai wollte nicht länger warten und verkündete:

»Ich fahre auch hoch und helfe oben bei den Vorbereitungen.«

Manuel hatte sich anders entschieden und setzte sich zusammen mit Friedhelm zu den Frauen.

Die Entdeckung

Die zwei Männer hatten das Penthaus erreicht. Walter wandte sich an Wolfgang: »Dem Chef gebührt die Ehre. Wir lassen dir, wie immer, den Vortritt.«

Wolfgang lachte geschmeichelt, obwohl auch das zum Ritual gehörte. In jedem Jahr durfte der Besitzer Wolfgang Plaumann das Penthaus mit seinem Schlüssel als erster die Tür öffnen. Damit war die Swinger-Woche offiziell eröffnet. Leider waren sie zunächst nur zu zweit.

Wolfgang konnte seinen Stolz nicht ganz verbergen, als er die Tür aufschloss und schwungvoll die Eingangstür öffnete. Er verbeugte sich mit Grandezza vor den anderen und ließ sie eintreten. Dann sagte er:

»Komisch, das Schloss war nicht abgeschlossen, es kann sein, dass Günther hier in der Wohnung ist«, und rief laut, »Günther!«

In diesem Augenblick ertönte eine Stimme aus dem Wohnzimmer: »Bleiben sie stehen, wir sind vom Five-0!«

Zunächst blieben beide vor Schreck, wie angewurzelt stehen.

Walter Dachhauser musste lachen: »Das ist der Fernseher, der Günther schaut sich die Sendung ‚Hawaii Five-0' an.«

»Wahrscheinlich hat der gestern zu viel gesoffen und pennt noch. Ich gehe ihn wecken.«

Bevor er sich auf den Weg machen konnte, hörten sie, wie hinter ihnen die Tür zum Penthaus aufgeschlossen wurde und Kai mit lautem Hallo seine Freunde begrüßte.

»Du bist schon da, ich dachte, du kommst morgen«, Wolfgang blickte fragend zu Kai.

Der erwiderte: »Ja, wollte ich, ich hatte einen Termin in Münster, aber dann wurde ein anderer in Bremen kurzfristig abgesagt und so bin ich direkt nach Norddeich gefahren. Ich habe heute Vormittag die Fähre bekommen und auf der Fähre traf ich dann sogar Manuel und seinen Freund Friedhelm. Jetzt sind wir alle da.«

»Nicht alle«, sagte Walter, »ich wollte gerade den Günther suchen, der müsste hier in der Wohnung sein.«

»Ich gehe ihn suchen«, Kai marschierte los in Richtung des Schlafzimmers von Günther. Als er an der geöffneten Küchentür vorbeikam, blieb er schreckerstarrt stehen und schrie:

»Scheiße, nein, nein, kommt sofort her!«

Walter und Wolfgang rannten regelrecht die paar Meter bis zur Küchentür und dann sahen sie den Grund für das Schreien von Kai.

Vor ihnen lag Günther. Tot, blutüberströmt und von Glassplittern umgeben, die den Küchenboden bedecken.

Der Mediziner Wolfgang ging sofort zum Körper von Günther und untersuchte ihn.

»Günther ist tot, offensichtlich erstochen. Er hat immer noch etwas Körpertemperatur, ich schätze, er ist vor ungefähr zwei Stunden gestorben. Da sind eindeutig Einstichspuren von einem Messer in seiner Brust, aber ich habe kein Messer oder eine andere Stichwaffe gefunden. Es sieht auch nicht so aus, als hätte sich Günther selbst umgebracht. Es muss also jemand vor kurzer Zeit hier gewesen sein, der ihn getötet hat.«

»Vielleicht ist der noch hier in der Wohnung?«, Kai klang ängstlich, er lief aber schnell los und öffnete alle Zimmertüren.

»Es ist niemand mehr in der Wohnung«, stellte Kai fest.

»Glaubst du wirklich, dass der Mörder nach der Tat noch zwei Stunden am Tatort wartet?«, Wolfgang schaute fast vorwurfsvoll zu Kai hinüber, »der Mörder ist längst über alle Berge.«

Kai griff zu seinem Handy und versuchte zu telefonieren.

»Wen möchtest du anrufen?«, Wolfgang war sichtlich aufgeregt.

»Na, die Polizei natürlich.«

»Bist du verrückt, hör sofort auf damit.«

Dann riss er ihm das Smartphone aus der Hand.

»Kommt rüber ins Wohnzimmer, wir müssen reden.«

Die drei Männer setzten sich an den Couchtisch, vor den noch immer laufenden Fernseher.

»Mach sofort die scheiß Glotze aus«, rief Wolfgang, »wir können in keinem Fall die Polizei anrufen. Ist euch denn nicht klar, was das für Konsequenzen hätte? Nicht nur für mich. Für euch auch, für eure Ehe, für den Job, für euer ganzes Leben. Und für die Frauen, die unten warten, auch.«

Die drei schweigen sich ein paar Augenblicke lang an und grübelten.

Walter Dachhauser hatte sich als Erster gefangen und durchbrach die Stille.

»Was machen wir mit unseren Ladies unten? Ich schlage vor, wir sagen denen noch nichts, solange wir selbst keine Lösung haben. Das Beste wird sein, wir schicken die erst einmal weg. Die sollen Kaffee trinken und später in einem Restaurant etwas essen gehen. Am gescheitesten wäre es, wenn Sophie alles übernimmt und die Frauen führt. Wenn wir eine Lösung haben, rufen wir Sophie an und gehen auch zum Essen oder holen sie her. Egal, wie. Wolfgang, das ist deine Freundin. Geh bitte runter, erfinde einen Grund, warum die Frauen jetzt nicht zu uns hochkommen können. Was haltet ihr von dem Vorschlag?«

»Okay«, mehr sagte Wolfgang nicht, stand auf, verließ das Penthaus und kam ein paar Minuten später wieder zurück. Manuel war mit ihm im Lift hochgekommen. Als die beiden das Penthaus betraten, nahm Wolfgang ihn zur Seite und erklärte die Situation.

Manuel begann sofort zu weinen, er schluchzte und sagte immer wieder, kaum hörbar: »Günther, oh Gott, Günther.«

Walter, der auch nah am Wasser gebaut hatte, konnte seine Tränen nicht zurückhalten und schluchzte, ohne etwas zu sagen, vor sich hin.

Wolfgang hatte einen Vorschlag: »Wir müssen die Leiche verschwinden lassen.«

»Wie soll das gehen? Hast du eine Idee?«

Wolfgang schüttelte den Kopf und sagte dann: »So einfach ist das allerdings nicht. Bei seiner Ankunft hier wurde Günther bestimmt durch die Fähre registriert. Man weiß also, dass er hier ist. Wenn wir ihn verschwinden lassen, müssen wir ihn anschließend als vermisst melden. Aber wie lässt man eine Leiche verschwinden, hier auf Juist?«

»Ich habe damit auch als Unternehmensberater noch keine Erfahrungen gemacht.« Walter versuchte schon wieder etwas spöttisch zu klingen, was ihm allerdings böse Blicke von Manuel einbrachte.

»Ich habe es«, Wolfgang hatte sich inzwischen wieder im Griff, »wir werfen ihn ins Meer.«

»Was, bist du verrückt? Du kannst doch von hier aus keine Leiche ins Meer werfen. Oder zum Strand schleppen ist auch nicht lustig. Oder? Du kannst ihn ja ins Meer zaubern. Ihr Mediziner, als Halbgötter in Weiß könnt doch zaubern.«

Kai war ziemlich empört, konnte allerdings schon wieder mit seinen Worten zubeißen.

Doch Wolfgang ließ sich nicht beirren.

»Wenn wir zum Golfspielen, von hier aus aufs Festland fliegen, wie machen wir das? Wir transportieren unsere Bags mit dem Pferdetransport und fahren damit zum Flugplatz raus. So machen wir es jetzt auch. Wir verpacken die Leiche von Günther so, als wäre er ein großer Golf Sack. Dann lassen wir uns mit unseren Bags zum Flughafen bringen und verstauen alles in meiner Maschine. Vorher haben wir uns Startzeiten im GC Ostfriesland, in Wiesmoor, geben lassen. Dann fliegen wir mit meiner Maschine ab, drehen einen großen Bogen über die Nordsee und werfen die Leiche, natürlich ohne den Golf Sack ins Meer. Von dort aus fliegen wir nach Wiesmoor und spielen eine Runde. Am Tag darauf melden wir Günther als vermisst bei der Polizei. Na, was haltet ihr von meinem Vorschlag?«

Wolfgang sah sich triumphierend in der Runde um. Manuel war ziemlich entsetzt, aber Kai und Walter schienen den Vorschlag noch einmal zu durchdenken.

»Und wenn er gefunden wird, entdeckt man natürlich die Messerstiche und sieht, dass er ermordet wurde. Wir geraten dann sofort in Verdacht. Dass der Tote aus deinem Flieger abgeworfen wurde, das werden die auch ziemlich schnell herausbekommen. Am Ende werden wir sogar beschuldigt, dass wir Günther ermordet hätten.«

»Man kann ja an der Leiche die Todeszeit ermitteln. Da er vor unserer Ankunft umgebracht wurde, sind wir aus dem Schneider.«

»Denkt bitte daran, dass Günther ungefähr zwei Stunden vor unserer Ankunft getötet wurde. Das ist eine sehr kurze Zeitspanne. Ich bin mir nicht sicher, ob die Ermittlung der Todeszeit durch längeren Aufenthalt im Meerwasser nicht erschwert wird. In Verdacht können wir also in jedem Fall kommen«, wusste der Mediziner zu berichten.

»Das hat Günther nicht verdient, dass wir ihn einfach ins Meer werfen. Ist das nicht sogar Leichenschändung?«, versuchte Manuel einen Beitrag zu leisten.

»Auf jeden Fall müssen wir schnell handeln. Wir können Günther nicht in der Küche liegen lassen. Ich schlage vor, wir legen ihn die Gefriertruhe im Abstellraum.«

»In die Gefriertruhe?«, Manuel schrie Wolfgang an, »spinnst du jetzt ganz und gar? In die Gefriertruhe, das kann ja wohl nicht wahr sein.«

»Wolfgang hat recht«, Walter ergriff die Partei Wolfgangs und redete eindringlich auf die anderen ein, »die Leiche muss weg, die Frauen dürfen nichts davon erfahren, bis wir eine Lösung gefunden haben. Ich wiederhole, niemand darf etwas vom Tode Günthers erfahren. Das mit der Gefriertruhe ist eine coole Idee. Im wahrsten Sinn des Wortes.«

Wolfgang nickte und sagte:

»Ich schlage vor, wir stimmen ab. Wer ist für die Idee mit der Gefriertruhe. Und zwar so lange, bis wir eine endgültige Lösung gefunden haben. Also, wer dafür ist, der hebe die Hand.«

Die Hände von Wolfgang, Kai und Walter waren sofort oben, dann folgte etwas zögerlich auch die Hand von Manuel.

»Gut, fangen wir sofort an, die Gefriertruhe auszuräumen. Da ist ohnehin nicht viel drin. Ein paar Steaks und Bratwürste zum Grillen, die legen wir in den Kühlschrank. Manuel und Kai bitte räumt die Gefriertruhe aus. Walter und ich packen dann Günther in die Truhe und anschließend machen wir gemeinsam die Küche sauber.«

Nach ungefähr dreißig Minuten waren alle Jobs erledigt und die vier Männer setzten sich wieder ins Wohnzimmer, Wolfgang hatte dazu aufgefordert.

»Danke, das habt ihr gut gemacht«, Wolfgang übernahm sofort wieder die Initiative, »Jetzt zur Situation. Die Gefriertruhe steht im Abstellraum. Es gibt nur eine Tür, die habe ich abgeschlossen und habe den Schlüssel in meiner Tasche. Wenn jemand von euch in den Abstellraum will, könnt ihr den Schlüssel bei mir holen. Niemand von den Frauen und auch nicht Friedhelm, dürfen das wissen.«

Alle stimmten zu.

»Jetzt zu den Frauen, wir müssen denen ja etwas erklären. Welchen Grund könnte es gehabt haben, dass wir sie weggeschickt haben? Alle Ideen sind willkommen.«

»Was haltet ihr von meinem Vorschlag?«. Kai strahlte übers ganze Gesicht, »Wir hatten einen Wasserschaden in der Küche und haben über die Verwaltungsfirma, äh, wie heißt die noch mal?«

»Juist-Immo«, antwortete Wolfgang.

»Ja also über die Juist-Immo haben wir sofort einen Handwerker bekommen, der hat den Schaden behoben und wir haben geholfen. Ist das eine gute Idee oder ist das eine gute Idee?«

Nach kurzem Wortgeplänkel einigten sich alle auf diese Version. Sie bereiteten noch schnell das Willkommenszeremoniell vor. Walter holte aus dem Kühlschrank drei Flaschen Taittinger Prestige Rosé Brut und stellte die entsprechenden Gläser dazu.

Wolfgang telefonierte hinter Sophie her und erfuhr, dass die Ladies und Friedhelm im Lütje Teehuus saßen. Er bat Sophie, mit den anderen, jetzt zurückzukommen.

Inzwischen hatten Kai, Walter und Manuel das Gepäck aus dem Foyer ins Penthaus gebracht und in die entsprechenden Zimmer verteilt.

Es war so weit, die Frauen, sowie Friedhelm konnten kommen.

Walter Dachhauser war verheiratet. Mit seiner Frau Inge hatte er zwei Kinder, einen Jungen und ein Mädchen. Vor vier Monaten hatte er seiner Frau mitgeteilt, dass er sich von ihr trennen würde. Nach seinen Worten gab es mehrere Gründe:

Der Sex mit seiner Frau fand nur noch selten statt. Er wünschte sich mehr Leidenschaft von Inge und weil er ohne Sex nicht leben konnte, zumindest behauptete er das, legte er sich immer wieder neue Freundinnen zu.

Er hatte sich weiterentwickelt, seine Frau habe sich nicht entwickelt und sei stehen geblieben. Mit Inge könne man keine vernünftigen Gespräche mehr führen. Er hatte einen großen Bekanntenkreis und Freunde. Sie konnte sich auf dem Niveau nicht mit denen unterhalten.

Er vermisste Gemeinsamkeiten mit Inge. Zum Beispiel verbrachte er viel Zeit mit Golf spielen, sie las lieber ihre Liebesromane.

Inge, seine Frau hätte an Attraktivität eingebüßt. Sie sah nicht mehr aus, wie eine Zwanzigjährige.

Von seinem Vater holte er sich Rat. Der war schon zum fünften Mal verheiratet und hatte es geschafft, seinen Verflossenen praktisch nie viel Geld zahlen zu müssen. Er hatte sich einen Plan zurechtgelegt und viele Leasingverträge für Autos und Büroeinrichtungen abgeschlossen. Dadurch könne er bei der angestrebten Scheidung mit den Zahlungen an Inge besser wegkommen.

Er war aus der gemeinsamen Eigentumswohnung ausgezogen und hatte diese seiner Frau und den Kindern überlassen. Zurzeit war Helene eine seiner Freundinnen. Das Schönste war, sie spielte sogar Golf. Zwar längst nicht so gut, wie er, aber das war egal. Sie hatten ein gemeinsames Hobby.

Mit Inge hatte er sich geeinigt, die Kinder wurden an den Wochenenden aufgeteilt. Alle zwei Wochen holte er die Kids bei ihr ab und nahm sie mit in das Haus, das er gemietet hatte. Nebenbei suchte er bereits nach einem anderen Objekt, das er dann kaufen würde, wenn er etwas Passendes gefunden hätte. Aber das war nicht sehr eilig, damit konnte er sich Zeit lassen.

In diesem Augenblick kamen die Frauen zusammen mit Friedhelm ins Penthaus.

Wolfgang wollte die Gläser füllen, doch Kai schob ihn beiseite und kommentierte:

»Ich bin der Gastronom, das ist mein Job.«

Er füllte den bereitgestellten Champagner in die Gläser und wollte mit allen anstoßen, doch Wolfgang unterbrach ihn und verkündete:

»Das Einschenken war dein Job, lieber Kai, die Begrüßungsworte, die sind mein Job!«

Nach einer kurzen Begrüßung stießen alle auf eine Traumwoche an.

»Wo ist denn eigentlich Günther?«, Claudia hatte bisher vergeblich auf ein Lebenszeichen ihres Freundes gewartet.

Wolfgang übernahm das Antworten:

»Günther? Der ist noch nicht aufgetaucht, der wollte doch von einer Geschäftsreise nach Berlin, direkt hier nach Juist kommen. Ich denke, der wird noch kommen.«

Claudia wurde zornig: »Wollt ihr mich auf den Arm nehmen? Gestern Abend habe ich mit ihm telefoniert und da war er hier im Penthaus. Also, wo ist Günther?«

»Wir haben ihn hier noch nicht gesehen. Wir sind auch erst vorhin hier angekommen«, Kai hatte sich eingeschaltet, »doch dann hatten wir das Problem mit dem Wasserschaden. Das mussten wir erst in Ordnung bringen. Günther haben wir hier noch nicht gesehen.«

Wolfgang sprach noch ein paar warme Worte und wünschte allen viel Spaß in dieser Woche auf Juist.

Claudia nahm einfach ihr Handy zur Hand und wählte.

Erschrocken hörten alle plötzlich aus Günthers Zimmer ein Handy klingeln.

»Günther«, Claudia rief laut nach ihrem Freund und rannte in das Zimmer, das sie mit Günther bewohnen sollte. Nur Sekunden später war sie zurück und verkündete:

»Mir reicht es jetzt. Was ist mit Günther? Sein Handy lag auf dem Nachttisch und sein Gepäck liegt eingeräumt im Schrank und im Schrank ist auch Günthers Koffer. Wo ist Günther? Hier stimmt doch etwas nicht!«

Walter fiel sofort ein, dass sie das Gepäck von Günther nicht gesehen hatten und niemand hatte an dessen Handy gedacht. Walter versuchte es mit einer sinnvollen Erklärung:

»Das mit dem Gepäck haben wir nicht gesehen. Wir hatten noch nicht gemerkt, dass Günther schon hier war. Ich denke, er ist hier auf Juist unterwegs, vielleicht will er dir Claudia etwas Schönes kaufen. Er wird bestimmt noch kommen.«

Claudia sagte nichts mehr, sie war allerdings fest davon überzeugt, dass etwas faul war. Aber was?

Als die Gruppe später vom Abendessen zurückkam, war Günther noch nicht aufgetaucht und Claudia verschwand weinend in ihrem Zimmer.

Donnerstag, 16.07. - Nach der ersten Nacht

Die erste Nacht im Penthaus hatte Walter mit Helene hinter sich und er hatte den Sex mit ihr ausgiebig genossen. Helene war eine tolle Frau. Sie entsprach in allen Belangen seinen Vorstellungen einer perfekten Frau.

Er hatte Helene allerdings verschwiegen, dass er sich mittlerweile von Inge getrennt hatte. Er wollte die Distanz und damit auch seine Freiheit aufrecht halten und deshalb wusste Helene auch nicht, dass er inzwischen unter einer anderen Adresse wohnte.

Helene reichte es offenbar, dass er gelegentlich bei ihr übernachtete oder sie auf diverse Reisen mitnahm. Das ging allerdings nur, wenn sie das mit ihrem Job vereinbaren konnte. Mindestens einmal pro Woche spielten sie zusammen Golf, um anschließend in ihrer Wohnung noch miteinander im Bett zu landen.

Jetzt war sie zum ersten Mal mit Walter für eine ganze Woche zusammen. Sie war neugierig auf ihn und wollte ihn in dieser Zeit noch besser kennenlernen. So hatte sie es ihm erklärt. In Wahrheit war ihr Walter ziemlich egal, weil sie etwas völlig anderes im Schilde führte.

Helene lag im Bett und schaute zu Walter, der noch tief schlief. Ihr gefiel, dass er nicht schnarchte. Sie hatte schon einigen Männern den Laufpass gegeben, weil die in jeder Nacht ganze Wälder nieder sägten.

Sie schaute auf die Uhr. Kurz vor acht. Um halb neun waren alle zum Frühstück verabredet. Sie sprang aus dem Bett. Total nackt, wie sie war, betrachtete sie sich mit großem Vergnügen im Spiegel, der im Schlafzimmer an der

Wand hing. Im Gegensatz zu vielen Frauen, die ständig an der eigenen Figur etwas auszusetzen hatten, gefiel ihr, was sie sah.

Mit meinem Aussehen bekomme ich jeden Kerl ins Bett, den ich will, dachte sie und wünschte sich, dass das noch eine Zeit lang so weitergehen würde. Sie hatte für sich eine Bewertungsskala ihrer Liebhaber entwickelt. Der beste Lover bisher bekam eine glatte zehn. Walter hatte sie mit höchstens fünf bewertet. Aber das spielte derzeit für sie keine Rolle, denn Walter war nur Mittel zum Zweck.

Da jedes der Schlafzimmer über ein eigenes Bad verfügte, konnte sie, ohne auf die anderen Rücksicht zu nehmen, unter die eigene Dusche springen. Sie liebte es, sich zum Abschluss der Körperreinigung eiskalt abzubrausen. Das erfrischte sie ungemein und wenn sie dann aus der Dusche kam, war das Abtrocknen des Körpers unglaublich wohlig und angenehm.

Nach dem Duschen wählte sie sich einen Slip aus, den Walter so gerne mochte, zog sich Hotpants an und schlüpfte in ein T-Shirt, das lässig um ihre Figur flatterte. Einen BH trug sie fast nie, sie konnte es sich eben leisten.

Sie verließ das Schlafzimmer und bemerkte einen Haftzettel, der an ihrer Tür klebte. Darauf hatte jemand geschrieben:

‚Vögeln ist okay, aber bitte nicht so laut!'

Ihre gute Laune war mit einem Schlag vorbei. Was bilden sich die Idioten hier ein? Sie wusste, dass sie beim Sex nicht immer leise war, aber dass sie damit andere gestört haben könnte, war für sie nicht vorstellbar.

Auf der Terrasse entdeckte sie Sophie. Sie ging zu ihr und hielt ihr den Post-it unter die Nase.

»Hast du diesen Scheiß hier geschrieben?«

Als Sophie den Zettel sah, musste sie lachen.

»Habt ihr eine heiße Nacht gehabt? Ich stöhne auch immer gerne und laut.«

»Also stammt der Zettel nicht von dir. Wer war es dann?«

»Mein Gott, mach doch nicht solch einen Aufstand. Hier wird nun mal gevögelt. Deshalb sind wir doch alle hier. Wir reden auch alle übers Vögeln. Wenn du das nicht willst, dann bist du hier falsch.«

Helene drehte sich wortlos um und ging zurück in ihr Schlafzimmer. Walter war inzwischen wach und wollte gerade ins Bad.

»Hier schau mal. Diesen Liebesbrief hat uns jemand von deinen Freunden an die Tür gehängt.«

Walter las den Zettel und musste lachen.

»Vergiss den Zettel, das ist doch nur Spaß. Und ich muss sagen, mich macht das an, wenn du laut bist, wenn wir beide miteinander Sex haben. So wie heute Nacht.«

»Ich mag es aber nicht, wenn andere Leute mitbekommen, dass wir beide es gerade im Bett treiben. Das stört mich. Wenn wir nachher zusammen frühstücken und mich alle anstarren und grinsen, dann ist mir das eben peinlich. Es muss doch nicht jeder wissen, dass ich Sex hatte.«

»Wenn wir nachher frühstücken und du schaust dich um, dann wirst du keinen Menschen sehen, der hier keinen Sex hatte. Alle haben gevögelt, glaub es mir.«

Gegen halb neun saßen fast alle am Frühstückstisch. Nur Friedhelm fehlte noch.

»Der braucht morgens immer so lange im Bad«, entschuldigte Manuel seinen Freund.

»Wo ist Günther? Er ist nicht gekommen heute Nacht. Habt ihr etwas von ihm gehört?«

Claudia Stimme klang verzweifelt.

Alle verneinen, niemand hatte etwas von Günther gehört oder gesehen.

Claudia meinte: »Wenn nach dem Frühstück keine Nachricht von Günther kommt, gehe ich zur Polizei.«

Alle schwiegen.

Sophie hatte im Lebensmittelmarkt Gillet Brötchen geholt und zusammen mit Marianne Kaffee gekocht.

»Ich mag keinen Kaffee, kann ich auch Tee haben?«, fragte Helene.

»Ja natürlich, da drüben ist die Küche, du brauchst nur Wasser kochen, Tee in die Kanne geben und dir den Tee einfach selbst machen.«

Sophie verbreitete ihren speziellen Sarkasmus und Marianne musste grinsen.

Aus Helenes Augen sprühten Blitze, sie stand auf und als sie an Sophie vorbeiging, verkündete sie laut und deutlich: »Du mich auch!«

»Habt ihr Probleme miteinander? Ich dachte, nur wir Männer hätten Probleme«, wunderte sich Kai und grinste, doch niemand hatte Lust, das Thema zu vertiefen.

Nach dem Frühstück wurde ein Tagesplan beschlossen, der vorsah, dass die Frauen den Friedhelm mitnehmen und an den Strand gehen oder sich die Insel anschauen sollten. Das Mittagessen könnten sie sich selbst organisieren.

Wolfgang wandte sich an Claudia:

»Ich verstehe, dass du dir Gedanken wegen Günther machst. Du willst zur Polizei. Auch das ist ok. Jetzt warte doch bitte noch mal etwas ab. Ich hoffe, dass wir bis dahin eine Nachricht von Günther haben.«

»Na gut«, Claudia willigte in Wolfgangs Vorschlag ein.

Die Männer, so verkündete Wolfgang, hätten ein paar geschäftliche Dinge zu klären. Am späten Nachmittag würde man sich wieder treffen und danach gemeinsam zum Abendessen gehen. Ein Tisch war von Walter im Hafenrestaurant reserviert worden.

Als sich die Frauen verabschiedeten, nahmen sie Friedhelm einfach mit und Sophie verkündete in ihrer burschikosen Art:

»Du brauchst keine Angst vor uns zu haben, wir akzeptieren, dass du schwul bist. Obwohl, mich würde es schon reizen, mit dir mal in die Kiste zu steigen, aber heute nicht.«

»Mach dir keine Gedanken«, konterte Friedhelm, »du bist sicher ein interessanter Mensch, aber da du eine Frau bist, kannst du mich nie und nimmer reizen. Sexuell, meine ich.«

Wolfgang, der den Dialog mitbekam, wollte sich fast ausschütten vor Lachen.

Schüsse im Foyer

»So, die Frauen sind weg, wir können reden. Habt ihr mal darüber nachgedacht, wie wir den Leichnam von Günther loswerden können?«

»Also, ich halte deinen Vorschlag für gut, Günther vom Flugzeug aus ins Meer zu werfen. Ich bin dafür. Kannst du denn als Mediziner dafür sorgen, dass die Messerstiche an seinem Körper nicht als solche zu erkennen sind?«, wollte Walter wissen.

»Soll ich ihn zerstückeln und wir werfen Günther in Einzelteilen in die Nordsee oder wie stellst du dir das vor?«

Manuel zerriss es förmlich vor körperlichem Unbehagen.

»Das ist doch nicht euer Ernst, oder? Günther in einzelne Teile zu zerlegen, da mache ich nicht mit.«

Kai, der Gastronom bemerkte dazu:

»Ich weiß nicht, was du hast, tranchieren ist auch in der Gastronomie eine hohe Kunst. Ich glaube, das meinte Wolfgang.«

»Du Idiot«, empörte sich der tränenüberströmte Manuel, »tranchieren, Günther ist doch kein Hasenbraten. Oder wollt ihr den Günther hinterher essen? Wir sind doch keine Kannibalen!«

»Hört auf mit dem dämlichen Gelaber. Keiner will Günther zerteilen. Wir sollten uns nur darauf verständigen, dass wir die Leiche loswerden müssen oder welche anderen Vorschläge gibt es noch von eurer Seite?«

Wolfgang sprach sehr energisch. »Können wir das? Was ist mit dir, Manuel? Stimmst du zu?«

»Ja, aber das ganze müsste würdevoll passieren, Günther war schließlich ein enger Freund und da kann man ja wohl etwas Pietät erwarten. Habt ihr mal darüber nachgedacht, dass wir durch unser Vorgehen, die Aufklärung eines Mordes verhindern?«

»Quatsch!«, schmetterte Wolfgang das Argument von Manuel ab, »wir verzögern doch nichts, wenn wir den Günther noch heute in die Nordsee werfen. Dann kann er zeitnah gefunden werden und die Untersuchungen des Mordfalls könnten beginnen. Hauptsache, keiner von uns wird verdächtigt. Wir müssen das so darstellen, dass Günther vor unserer Ankunft bereits tot war. Das stimmt ja schließlich auch und wenn wir merken, dass die Polizei hier ermitteln will, müssen wir die Frauen eben woanders unterbringen.«

»Ich habe festgestellt, dass wir kein Klebeband im Haus haben«, Walter fuhr fort, »wenn wir die Leiche so verpacken wollen, dass keiner eine Leiche erkennt, benötigen wir Klebeband, mit dem man auch Pakete verklebt. Es ist bereits kurz vor 10 Uhr. Die Läden haben also schon längst auf. Ich gehe Klebeband kaufen.«

»Ich will mal schnell in unser Bad«, erklärte Kai, »da hat sich die Toilettenbrille gelöst. Das erledige ich jetzt, wo Marianne nicht da ist.«

Kai drehte sich um und verschwand.

Wolfgang schaltete sich ein: »Der Hausmeister, Herr Scholz, rief mich gerade an. Unten hat jemand etwas für den ‚Herrn Professor', wie er sagte, abgegeben. Also für mich ist da unten etwas abgegeben worden. Lieber Walter, bitte sei so gut, wenn du einkaufen gehen willst, kannst du es ja gleich beim Hausmeister abholen, wenn du zurückkommst. Ich weiß auch nicht, was da für mich abgegeben wurde.«

Walter nickte: »Logisch, ich bringe das mit rauf. Beim Hausmeister ist der ominöse Gegenstand? Okay, bis gleich. Ich hole Klebeband, muss nur noch Geld mitnehmen, mein Geldbeutel liegt in meinem Zimmer.«

»Ich mag es, dass du so pragmatisch bist«, lobte Wolfgang seinen Freund.

Walter stand auf, ging in sein Zimmer, um sein Geld zu holen, kam dann zurück, verabschiedete sich und verließ das Penthaus. Er ging zum Lift und drückte auf den Knopf mit der Aufschrift Erdgeschoss. Walter spürte, wie sich der Fahrstuhl in Bewegung setzte und auch das Abbremsen der Geschwindigkeit, als der Lift das Ziel erreichte.

Die Tür öffnete sich, Walter verließ den Lift und ging auf den Ausgang zu, als hinter ihm ein Geräusch zu hören war. Bevor Walter sich umdrehte, hallten drei Schüsse durch das Foyer. Wie ein gefällter Baum stürzte Walter auf die Fliesen des Fußbodens. Langsam bildete sich eine Blutlache unter seinem Körper.

Markus und Helga

Markus Niemand war gerade erwacht und räkelte sich in seinem Bett. Er hatte heute dienstfrei und genoss es, mal wieder allein in seinem Haus zu sein. Das Haus in Südbrookmerland hatte er sich gekauft, bevor ihn seine Lebensgefährtin vor einem Jahr verließ. Lange litt er unter der Trennung. Inzwischen hatte er sich entschlossen, sein Privatleben von dem alten Beziehungsmüll zu befreien. Er war sicher, dass ihm das guttun würde. Vor drei Tagen hatte er die letzten Fotos seiner Ex aus den Bilderrahmen genommen, die in seinem Wohnzimmer und in seinem kleinen Büro standen.

Markus stand auf, ging unter die Dusche und zog sich Freizeitklamotten an. Nachdem er sich eine kurze Tennishose angezogen hatte, überlegte er, welches seiner T-Shirts er anziehen wolle.

Mit seinem Familiennamen ‚Niemand' war er in der Jugend oft gehänselt worden und hatte sich darüber geärgert. Inzwischen war das längst überwunden, er liebte sogar Wortspiele mit seinem Namen und besaß diverse T-Shirts mit Aussagen wie:

‚Niemand kann zwei Herren dienen', ‚Niemand hat die Absicht, eine Mauer zu errichten', ‚Niemand ist perfekt', ‚Niemand weiß, was die Zukunft bringt', ‚Niemand liebt dich' und auch ‚Niemand weiß, was er kann'.

Er entschied sich für ‚Niemand weiß, was die Zukunft bringt'.

Nach einem ausgiebigen Frühstück und nachdem er in der Küche wieder für Ordnung gesorgt hatte, nahm er sich das Buch über Kanada, das er endlich mal lesen wollte, setzte sich mit einem Glas Mineralwasser auf die Terrasse seines Hauses. Er schlug das Buch auf und begann zu lesen.

Die Erzählung entführte ihn nach Kanada, und zwar nach Vancouver Island. Hier hatte er schon zweimal Urlaub gemacht und war in Gedanken in dem kleinen Ort Tofino, als sein Diensthandy klingelte.

Seine Dienststelle, die Polizeiinspektion Aurich/Wittmund, informierte ihn, dass er sofort kommen müsse, es ginge um einen mehrtägigen Einsatz, er solle seinen Koffer packen. Auf der Insel Juist sei auf einen Mann in einem Haus geschossen worden. Der Mann sei schwer verletzt.

Er schaute auf seine Armbanduhr, es war inzwischen 11:45 Uhr.

Markus drückte noch schnell an seiner Kaffeemaschine einen Espresso, packte in Windeseile seinen Koffer und zog sich eine andere Hose an. Er entschied sich, sein T-Shirt nicht zu wechseln.

‚Niemand weiß, was die Zukunft bringt', das passt gut für den heutigen Tag, dachte Markus und schmunzelte.

Seinen Kaffee stürzte er herunter, schnappte sein Gepäck, verließ das Haus und holte sein Auto aus der Garage.

Während der Fahrt war er in Gedanken bereits bei den wenigen Informationen, die er zum neuen Fall hatte. Mord im Fahrstuhl, das war mal etwas Neues.

Für die Strecke zur Polizeiinspektion in Aurich benötigte er über die B 72 normalerweise 15 Minuten.

Heute wollte er besonders schnell sein und als er das Ortsschild Aurich passierte, war seine Geschwindigkeit noch sehr hoch. Auf der Höhe von McDonalds wurde er plötzlich geblitzt. Er sah auf seinen Tacho. Markus fuhr mit mindestens 65 km/h.

Er fluchte still vor sich hin, doch als er den Parkplatz an der Polizeiinspektion erreichte, war seine Laune schon wieder ausgezeichnet, denn er entdeckte seine Kollegin Helga Weilburger.

»Na, du Herzblatt«, scherzte er. Er liebte es, mit ihr zu flirten. Es war ein Spiel zwischen beiden, über das sie noch nie wirklich geredet hatten. Mehr war allerdings zwischen den beiden nie gewesen und wenn es nach ihm und ihr ging, würde es auch nie anders sein.

»Was ist denn los? Ich habe gehört, wir zwei fliegen wieder mal nach Juist. Ich freue mich darauf.«

»Ich mich auch. Ich wohne wieder bei meiner Freundin Neele und dir wurde, so wie beim letzten Mal, ein Zimmer im Hotel Atlantic reserviert. Die Informationen zur Tat, die inzwischen bekannt sind, habe ich alle bei mir.«

»Wunderbar, komm, lass uns starten.«

Sie marschierten hinüber zum Hubschrauber, verluden ihr Gepäck und nahmen im Heli Platz.

Der Pilot begrüßte beide Polizisten, dann hob der Helikopter ab.

Als sie dann in Richtung Norden flogen, begann Markus plötzlich damit, ein Lied zu singen. Helga lachte, aber hörte intensiv zu.

»Only God knows, the whole sky glows, maybe lightning strikes twice, maybe lightning strikes twice, maybe lightning strikes twice, maybe lightning strikes twice ...«

»Ich liebe deine AC/DC-Songs. Klang gar nicht so schlecht.«

»Honey, das war dieses Mal nicht AC/DC. Das war ausnahmsweise Iron Maiden, die eiserne Jungfrau. Der Song heißt ‚Lightning Strikes Twice'«.

»Du bist musikalisch ja wirklich sehr abwechslungsreich. Seit wann stehst du auf Iron Maiden?«

»Meine Lieblingsband ist immer noch AC/DC, aber manchmal haben andere Gruppen auch einigermaßen gute Songs.«

»In dem Song geht es, wenn ich das richtig übersetze, um Blitzeinschläge. Erwartest du etwas, ein Gewitter?«

»Du hast richtig zugehört. Auf der Fahrt nach Aurich vorhin, hatte ich Blitzeinschläge. Die Kollegen waren so freundlich und haben es blitzen lassen.«

»Oh Gott, mein Partner ist ein Raser«, Helga grinste, »wie schnell war denn der Herr?«

»Es war schon in Aurich, also innerorts. Als ich auf den Tacho sah, habe ich ca. 65 km/h wahrgenommen. Aber wahrscheinlich habe ich instinktiv auf die Bremse getreten, als ich den Blitz bemerkte. Es könnte auch etwas über 65 gewesen sein.«

»Dann wird es entweder 50 oder 70 Euro. Für das Geld hättest du mich besser zum Essen einladen sollen.«

»Das mache ich ohnehin heute Abend noch auf Juist. Aber zurück zum Job, du sagtest, du hättest Informationen über die Tat?«

Helga nickte und sagte: »Aber auch nur wenig. Auf einen Mann, der einen Fahrstuhl verlassen wollte oder schon verlassen hatte, wurde geschossen. Er ist schwer verletzt in ein Krankenhaus geflogen worden. Auf Juist gibt es ja kein Krankenhaus, wohin er gebracht wurde, weiß ich im Augenblick nicht, aber das bekommen wir heraus. Ein Zeuge hat eine Person weglaufen sehen. Mehr wissen wir zurzeit noch nicht. Auf Juist treffen wir wieder alte Bekannte. Eike Haferland ist immer noch Leiter der Polizeistation und Oberkommissar Hanke Hinrich ist auch in dieser Saison auf Juist. Ich freue mich auf die beiden.«

Markus nickte. »Ich mich auch. Schau mal, da unten ist schon die Küste.«

»Und dieses Mal haben wir besseres Wetter als beim letzten Einsatz.«

»Stimmt, beim ersten Einsatz hatten wir, als wir auf Juist landeten, Liquid Sunshine, heute ein Wetter zum Helden zeugen.«

»Du nun wieder!«, Helga kannte den Hang ihres Partners zu dummen Sprüchen, aber ihr gefiel seine unkonventionelle Art.

Wenige Augenblicke später landete der Helikopter neben dem Leuchtturm Memmertfeuer.

Als sie ausstiegen, wurden sie von Eike Haferland begrüßt.

»Moin, ich freue mich, dass ihr beide zurück auf Juist seid, aber eigentlich könnt ihr schon wieder zurückfliegen. Wir haben den Fall gelöst.«

Haferland lachte und ergänzte: »Nein, in Wahrheit noch nicht, genauer gesagt noch nicht ganz. Wir haben eine

Person vorläufig festgenommen. Sie steht im Verdacht, auf einen Mann geschossen und ihn lebensgefährlich verletzt zu haben. Wir müssen es nur noch beweisen. Ich denke, dazu können wir euch hervorragend gebrauchen.«

Markus schaute auf seine Armbanduhr, 15:30 Uhr. ZU Helga gewandt sagte er:

»Der halbe Tag ist vorbei, es ist schon halb vier.«

Die drei machten sich zu Fuß auf den Weg zur Polizeistation, die nur wenige hundert Meter vom Leuchtturm am Hafen entfernt ist. Das klackernde Geräusch, das ihre Rollkoffer auf dem Straßenpflaster verursachten, war weithin zu hören.

»Das typische Geräusch unseres Jahrhunderts«, kommentierte Markus den Sound.

Sie erreichten die Polizeistation und begrüßten ihren Kollegen Hanke Hinrich überschwänglich.

»Eigentlich empfände ich es als besser, wenn wir uns einmal wiedersehen würden, ohne dass es einen Mord oder Mordversuch hier auf Juist gibt.«

Hanke brachte es auf den Punkt. Die Polizeiinspektion in Aurich setzt ihre Beamten auf Juist immer dann ein, wenn es sich um Fälle von Schwerstkriminalität handelt. Und einen Mord- oder Tötungsversuch hatte es heute gegeben.

Die vier Polizisten saßen im Besprechungsraum und Markus fragte:

»Was ist passiert? Was habt ihr für uns? Bitte legt los, wir sind ganz Ohr.«

»Zu den Fakten. Der angeschossene Mann heißt Walter Dachhauser. Er ist Berater. Also, Unternehmensberater und kommt aus Düsseldorf. Mit ein paar Freunden zusammen, bewohnen sie derzeit ein Penthaus, das einem der Freunde gehört. Die Gruppe reiste gestern an. Frauen waren auch dabei. Ob das allerdings die Ehefrauen waren, ist uns noch nicht klar. Heute Morgen wollte Dachhauser etwas einkaufen und fuhr mit dem Lift nach unten. Als sich die Tür öffnete und er den Lift verlassen wollte, wurden drei Schüsse aus einer Pistole auf ihn abgefeuert. Das Seltsame ist, alle drei Schüsse wurden auf seine Beine abgefeuert. Dachhauser wurde schwer verletzt, er wurde vor Ort erstversorgt und dann mit einem Rettungshubschrauber in die Ubbo-Emmius-Klinik nach Norden gebracht. Ob er in dieser Klinik bleiben kann, wird sich noch herausstellen. Er befindet sich augenscheinlich nicht in Lebensgefahr, das ist die gute Nachricht. Wir haben inzwischen die Spuren am Tatort gesichert und eine Pistole, wahrscheinlich die Tatwaffe, gefunden. Sie lag am Tatort, wir lassen sie untersuchen. Anschließend haben wir mit den Freunden im Penthaus gesprochen, das ergab allerdings keinerlei Anhaltspunkte. Es gibt noch einen Zeugen. Der hat die Schüsse gehört, als er gerade am Haus vorbeikam. Unmittelbar danach lief jemand aus dem Haus und rannte weg. Mehr hat unser Zeuge nicht ausgesagt. Dann haben wir uns mit der Kurverwaltung und mit der Fähre Frisia in Verbindung gesetzt. Wir fanden heraus, dass eine Frau, die den Namen Inge Dachhauser trägt, seine Ehefrau oder Ex, das wissen wir noch nicht, zurzeit ebenfalls Urlaub auf Juist macht. Da sie erst, entweder gestern oder vorgestern, mit der Schnellfähre nach Juist kam, gehen wir davon aus, dass sie die Täterin war. Das ist kein Zufall. Ich glaube übrigens auch nicht an Zufälle.«

»Was hat sie denn ausgesagt? Hat sie sich zur Tat geäußert?«, wollte Helga wissen.

»Nein, sie verweigert die Aussage, ihr gutes Recht.«

Hanke und Eike hatten am Tatort Spuren gesichert und dokumentiert. Markus und Helga schauten sich alles im Detail an. Wenn Markus oder Helga Fragen hatten, wurden diese von Eike und Hanke erläutert.

»Ich schlage Folgendes vor«, Markus hatte einen Plan, »Es ist jetzt kurz nach 17 Uhr. Wir haben noch nichts gegessen. Könnt ihr uns für Helga und mich eine Pizza bringen lassen?«

Hanke nickte: »Das mache ich, habt ihr spezielle Wünsche?«

Helga und Markus stimmten sich kurz ab und Helga sagte dann:

»Für mich eine Pizza Margherita und für Markus eine Pizza All'arrabiata. Markus liebt es immer scharf.«

Eike sagte: »Ich muss sofort weg, komme aber eventuell später wieder. Spätestens morgen früh sehen wir uns.«

Hanke hatte auch einige Dinge zu erledigen. Markus und Helga setzten sich deshalb mit den vorliegenden Fakten zunächst allein auseinander.

»Was ist deine Meinung? Was ist hier passiert? Mich interessiert alles, was dir durch den Kopf ging, als du die bisher bekannten Fakten des Falles hörtest.«

Markus schaute seine Partnerin neugierig an und wartete.

»Es spricht viel für eine Beziehungstat, vorausgesetzt, wir finden Beweise dafür, dass die Ehefrau ihren Mann im oder besser gesagt am Lift erschossen hat. Ich bin aber dafür, dass wir die Ermittlungen auch in andere Richtungen ausdehnen sollten. Wenn es ein anderer Täter, eine andere Täterin war, spricht trotzdem viel für eine Beziehungstat. Warum geht jemand in ein Haus, wartet vor der Fahrstuhltür und schießt auf den Mann, der dort herauskommt. Derjenige musste gewusst haben, dass Walter Dachhauser in dem Lift ist. Es sei denn, wir haben es mit einem Täter, einer Täterin zu tun, der oder die wahllos mordet. Seltsam ist, dass der Täter oder die Täterin auf die Beine des Opfers schoss. Wir müssen herausfinden, warum das so war. Spontan denke ich, es war keine Tötungsabsicht, das Opfer sollte nur verletzt werden. Das wiederum sieht wie eine Warnung aus. Früher wurden solche Warnungen von der Mafia benutzt. Aber steckt da die Mafia dahinter? Ich glaube es eher nicht.«

»Ausgezeichnete Analyse«, lobte Markus.

»Und wo setzen wir hier an? Wie gehen wir vor?« Helga schaute erwartungsvoll auf ihren Partner.

»Zunächst müssen wir unbedingt mit den Freunden des Ermordeten reden, mit denen, die da in dem Penthaus wohnen. Dann reden wir mit dem Zeugen, oder war es eine Zeugin? Wir müssen die Beschreibung des Täters aus unterschiedlichen Perspektiven betrachten. Dann gilt es herauszufinden, ob es weitere Zeugen gibt. Vielleicht hat jemand den Täter weglaufen sehen, ohne, dass er das als Flucht eines Verbrechers gewertet hat. Ich schlage vor, wir sprechen als Erstes morgen früh mit dem Zeugen. Dann vernehmen wir noch einmal die verhaftete Ehefrau. Anschließend reden wir mit den Leuten im Penthaus. Bist du einverstanden?«

Helga stimmte zu und ergänzte: »Wir sollten Eike und Hanke bitten, nach weiteren Zeugen zu suchen.«

Inzwischen waren die bestellten Pizzen geliefert worden und Helga und Markus hatten sich gestärkt. Eike Haferland und Hanke gesellten sich zu den beiden.

»Es ist jetzt 18:30 Uhr. Die Pizza war jetzt auch mein Abendessen, ich bin gesättigt. Was machen wir jetzt?«, wollte Helga wissen.

»Ich schlage vor, wir beziehen unsere Unterkünfte und treffen uns beide danach noch einmal, einfach zum Quatschen. Morgen früh hier auf der Polizeistation sehen wir Eike und Hanke wieder und legen dann gemeinsam fest, wer was von uns zu welchem Zeitpunkt macht. Seid ihr einverstanden?«

»Das bekommen wir hin, denn wie ihr wisst, müssen wir die Frau Dachhauser bis morgen Nachmittag einem Untersuchungsrichter vorführen.«

Was machen wir mit den Frauen?

Wolfgang Plaumann bat Manuel Wallmann und Kai Sageball in sein Schlafzimmer.

»Wir müssen reden. Die Situation ist ziemlich bescheiden. Die Polizei war hier im Penthaus nach dem Anschlag auf Walter. Zum Glück lebt er noch und ich hoffe, er überlebt das Ganze und wird vor allem wieder gesund. Walters Zimmer hat die Polizei erst einmal versiegelt, da dürfen wir im Moment nicht rein. Ich schlage vor, dass Helene zunächst in das Zimmer von Günther zieht und mit Claudia gemeinsam da übernachtet. Anders geht es nicht. Wir müssen damit rechnen, dass die Polizei hier das Penthaus durchsucht. Und dann werden sie Günther finden und wir sind ganz im Eimer. Ich habe darüber nachgedacht, was haltet ihr davon, wenn wir die Frauen und den Friedhelm heute noch, oder spätestens morgen früh mit der Fähre aufs Festland schicken. Wir behaupten dann gegenüber der Polizei, dass wir mit den Frauen hier nichts zu tun hatten und von der Leiche in der Gefriertruhe wissen wir nichts. Was anderes ist mir nicht eingefallen. Was meint ihr dazu?«

»Gute Idee«, Kai war sofort Feuer und Flamme und nach kurzem Zögern willigte auch Manuel in den Plan ein, »dann lass uns jetzt zu den Frauen und zu Friedhelm gehen, die im Wohnzimmer auf uns warten.«

»Halt«, Wolfgang bremste den Tatendrang, »wir müssen den anderen glaubwürdig erklären, warum wir sie wegschicken. Ich schlage vor, dass wir argumentieren, von der Polizei erfahren zu haben, dass wir hier alle in großer Gefahr sind, da der Täter, der Walter ermorden wollte, noch nicht gefasst wurde. Am besten wäre es, wenn wir alle abreisen, das geht aber nicht, weil wir drei Männer noch ein paar Mal für die Ermittlungen benötigt werden. Deshalb sollten nur die Frauen abreisen, Friedhelm natürlich auch.«

»Super Idee«, Kai war begeistert.

Wolfgang ergänzte: »Ich gebe der Sophie einiges an Kohle mit, dann können die Ladies und auch Friedhelm morgen in aller Frühe abdampfen, mit der nächsten Fähre oder auch Schnellfähre nach Norddeich fahren und von dem Geld sollen sie sich eine Taxe zurück nach Düsseldorf nehmen. Ist das okay für Euch?«

»Friedhelm, kann doch mein Auto nehmen«, Manuel hatte mitgedacht, »mein Porsche steht doch in Norddeich. Da kann aber nur noch eine der Damen mitfahren.«

»Das sollen die Damen selbst entscheiden, wer hier mit wem fährt. Kommt mit, wir gehen zu den anderen.«

»Moment«, Kai fiel noch etwas ein, »wie gehen wir jetzt mit Claudia um? Was sagen wir ihr zum Thema Günther? Die wird doch einen Zusammenhang zwischen dem Mordversuch an Walter und dem Verschwinden von Günther herstellen. Mir fällt nichts Vernünftiges ein. Habt ihr eine Idee?«

Wolfgang schlug vor:

»Wir machen den Frauen klar, dass es einen Zusammenhang zwischen Günthers Verschwinden und dem Mordversuch an Walter geben könnte. Deshalb sind wir alle in Gefahr und die Frauen müssen morgen zurück nach Düsseldorf. Friedhelm natürlich auch.«

Die drei Männer setzten sich ins Wohnzimmer zu den sehr verängstigt wirkenden Frauen. Auch Friedhelm überzeugte nicht gerade durch psychische Stärke. Der Anschlag auf Walter hatte alle sehr mitgenommen. Besonders Helene war sehr betroffen, weniger, was Walter betraf. Die Situation war jetzt für sie völlig unklar. Sie musste ihre Pläne neu überdenken und war jetzt ziemlich ratlos.

Wolfgang übernahm die Initiative und erklärte den anderen, wie es weitergeht.

»Zunächst hat die Polizei das Zimmer von Walter und Helene versiegelt, deshalb muss Helene im Zimmer von Günther zusammen mit Claudia die Nacht verbringen. Übrigens haben wir noch nichts von Günther gehört, aber einen Zusammenhang mit dem Mordversuch an Walter kann es geben, sagt die Polizei. Deshalb glauben die auch, dass wir hier alle in großer Gefahr schweben. Der unbekannte Killer könnte noch einmal auftauchen. Noch weiß niemand, wer der Täter ist. Die Polizei möchte, dass wir alle sofort das Penthaus verlassen. Das werden wir morgen auch machen. Allerdings will sich die Polizei noch mit Kai, mit Manuel und mit mir unterhalten. Bis wann die Gespräche dauern, können wir noch nicht absehen. Darum machen wir Folgendes. Ihr vier Frauen und der Friedhelm marschiert morgen in aller Frühe zum Hafen, ich gebe Sophie genug Geld, damit kann sie für euch alle ein Fährticket kaufen. Und in Norddeich nehmt ihr euch ein Taxi, mit dem ihr nach Düsseldorf fahrt. Friedhelm nimmt das Auto von Manuel. Eine von euch kann mit Friedhelm mitfahren. Wer möchte das sein?«

Nachdem sich keine der Frauen gemeldet hatten, war Friedhelm beleidigt.

»Ist ja schon gut, ich kann auch allein mit dem Porsche von Manuel fahren.«

Bei dem Wort Porsche schien es so, als wollten sich Sophie oder Marianne doch noch melden. Doch keine der Frauen hob die Hand.

Erste Spekulationen zum Fall

Markus und Helga hatten sich getroffen, nachdem Markus in sein Hotel und Helga bei ihrer Freundin eingezogen waren. Zunächst wollten sie in die Spelunke, das Bierlokal auf Juist, aber da war es beiden zu laut. Daraufhin gingen sie in Richtung Dünen und fanden einen Platz in der Strandhalle Juist.

Obwohl sie ursprünglich nichts mehr essen wollten, bestellte sich Markus eine Portion Matjes mit Schwarzbrot und Spiegelei und Helga Fischknusperli.

Da Markus praktisch nie Alkohol trank, begnügte er sich mit Mineralwasser und Helga wählte für sich ein Glas Grauburgunder.

Nachdem Markus seine Kollegin daran erinnert hatte, dass er während der Mahlzeiten nicht über dienstliche Belange sprechen mag, wartete Helga, bis beide den letzten Bissen gegessen hatten. Dann fragte sie:

»Wenn wir Zeit haben, wollen wir wieder mit den Fahrrädern zur Domäne Bill fahren und Rosinenstuten essen?«

»Das sollten wir auf jeden Fall machen. Falls wir keine Zeit finden, da uns der Fall so in Anspruch nimmt, bleiben wir einen Tag länger und fahren dann dorthin.«

»Oder eine ganze Woche länger, denn man kann hier nicht nur die Domäne Bill genießen. Juist hat so wunderbare Ecken.«

»Das ist wieder einmal typisch. Frauen können nie genug bekommen«, Markus grinste seine Kollegin an.

»Stimmt, von Juist kann ich nie genug bekommen.«

»Nur von Juist? Ich dachte von mir auch.«

»Das stimmt, welche Frau kann von dir schon genug bekommen? Markus Niemand, der Traum aller Frauen.«

»Stimmt, ich bin zwar nicht der begehrteste Mann der Welt, aber die Nummer drei ist doch auch nicht schlecht. Oder?«

Helga musste lachen:

»Du irrst, mit der Nummer drei würde ich mich nie zufriedengeben.«

»Hast du Lust, mit mir auch über dienstliche Themen zu quatschen?«

Helga nickte und seufzte gespielt:

»Du bist der Chef. Also los.«

»Ich habe noch einmal über deine Gedanken zum Fall nachgedacht. Ich stimme dir zu, das war eine Beziehungstat, da bin ich sicher. Auch wenn wir noch nicht mit dem Zeugen oder den anderen Beteiligten gesprochen haben. Wissen wir eigentlich, ob die verdächtigte Ehefrau auf Schmauchspuren untersucht wurde?«

»Ja, das wissen wir, ich habe nachgelesen, Schmauchspuren wurden nicht gefunden.«

»Gut, dann bleibt nichts anderes übrig, wir benötigen dringend die Gespräche mit der Verhafteten und den Damen und Herren im Penthaus. Morgen früh geht es los.«

»So machen wir das. Hast du Lust, morgen mit mir im Hotel zu frühstücken? Ich würde mich freuen.«

»Einverstanden, ich komme gern.«

»Dann ist das für mich ein positiver Start in den Tag, wenn ich dich schon zum Frühstück bei mir habe.«

»Na, na, Herr Niemand, war das wieder einer deiner Flirtversuche? Dabei weiß ich doch, dass du nichts von mir erwartest, ich meine in sexueller Richtung.«

Markus lachte laut auf und fragte: »Woher weißt du das denn? Das Einzige, was ich jetzt noch will, ich bringe dich zu deiner Freundin, verabschiede mich brav von dir an der Haustür und gehe dann in mein Bettchen ins Hotel. Zum Glück haben wir meinen Koffer schon vorhin ins Hotel, auf mein Zimmer gebracht.«

Markus winkte der jungen Dame vom Service, denn er wollte bezahlen.

Freitag, 17.07. - Nächtlicher Besuch

Sophie schlief ziemlich unruhig. Immer wieder wachte sie bei dem leisesten Geräusch auf. Dann lag sie jedes Mal wach und grübelte über das Erlebte. Sie sah das Bild des schwer verletzten Walter, der vor dem Lift lag und Tränen liefen ihr über das Gesicht. Sie hoffte, dass es bald früher Morgen wäre und sie von dieser verdammten Insel wegkäme.

Wolfgang lag neben ihr, schlief fest und atmete tief. Sie war froh, dass Wolfgang nicht schnarchte. Sie übernachtete nur mit nicht schnarchenden Männern.

Sophie sah auf die Uhr, die neben ihr auf dem Nachttisch stand. Fünf Minuten nach drei. Bis zum Aufstehen würde es noch eine Weile dauern. Sie drehte sich auf ihre linke Seite, ihre Lieblingsschlafposition. In diesem Moment war von draußen ein lautes Geräusch vernehmbar, es hörte sich an, als würde etwas Schweres auf den Boden knallen und zersplittern, denn es klirrte auch deutlich.

Ihr war nicht klar, was dieses Geräusch verursacht haben könnte. Deshalb stand sie aus dem Bett auf und ging zur Tür ihres Schlafzimmers. Sophie war splitternackt, aber das störte sie nicht, denn so hätten sie auch alle sehen können, wenn sie auf der Terrasse ein Sonnenbad genommen hätte. Vorsichtig öffnete sie die Tür und versuchte etwas in dem kleinen Flur zu erkennen, aber es war stockdunkel. Langsam traute sie sich auf den Flur hinaus, schaltete das Licht an und blickte suchend im Flur und in das noch dunkle Wohnzimmer hinein. Etwas Unbekanntes lag dort am Ende des Wohnbereichs. Sie fasste all ihren

Mut zusammen, ging durch den Flur ins Wohnzimmer und schaltete auch hier das Licht an. Das, was sie dort liegen sah, war die riesige Vase, die ursprünglich auf einem kleinen Sockel stand. Die lag jetzt am Boden und war in unterschiedlich große Teile zerbrochen. Sie schaute sich um und erschrak erneut.

Die Eingangstür zum Penthaus stand weit offen. Auch im Hausflur war es dunkel. Sie glaubte allerdings zu hören, wie sich unten im Foyer die Fahrstuhltür öffnete und wieder schloss.

Sophie überlegte, wer von ihnen das gewesen sein könnte. Sie stand jetzt unmittelbar vor Günthers Schlafzimmer, in dem jetzt Helene liegen sollte. Vorsichtig öffnete sie die Schlafzimmertür und erkannte, dass Helene tief und fest in ihrem Bett schlummerte. Im Nachbarbett lag Claudia, die offensichtlich nicht schlafen konnte.

Claudia stand auf und kam zu Sophie an die Tür und fragte: »Was ist los? Warum schaust du in unser Zimmer?«

»Moment, ich bin gleich wieder bei dir. Ich will nur nach dem Rechten sehen.«

Sophie drehte sich um und ging zur benachbarten Tür. Claudia folgte ihr. Dort sah sie die Siegelmarken der Polizei, die Walters Tür damit versperrt hatte. Sie durchquerte das Wohnzimmer, Claudia im Schlepptau, und im hinteren Flur öffnete sie vorsichtig die Schlafzimmertür von Wolfgang. Sie sah im Licht, das von außen ins Zimmer fiel, ihren Wolfgang im Bett liegen, auch er war nackt. Schnell schloss sie die Tür wieder und ging hinüber zu Manuels Raum. Sie entdeckte sowohl Manuel als auch Friedhelm im Bett liegen. Beide schliefen. Claudia lief immer hinterher. In diesem Augenblick hörten sie, wie Kai hinter ihnen fragte:

»Was ist los, wieso geistert ihr hier herum?«

»Kai, Kai, jemand war in der Wohnung, als wir alle schliefen.«

»Wie kommst du denn darauf?«

»Ich hörte ein Geräusch aus dem Wohnzimmer. Da ging etwas zu Bruch und es klirrte. Ich stand auf, um nachzusehen und fand die große Vase am Boden liegend und zerbrochen. Dann sah ich, dass die Tür vom Penthaus zum Treppenhaus hin, weit offenstand. Ich hörte, wie jemand das Haus verließ. In allen Zimmern sah ich nach, aber keiner von uns fehlte. Alle liegen in ihren Betten und pennen. Es muss also ein Fremder hier im Penthaus gewesen sein.«

Kai stand sofort auf. Nur mit einem schwarzen Slip bekleidet, ging er schnellen Schrittes ins Wohnzimmer und schrie laut auf:

»Au, verdammt!«

Mit seinen nackten Füßen hatte er in eine Scherbe der zerbrochenen Vase getreten. Zum Glück war die Vase nicht aus Glas, aber es schmerzte trotzdem.

Sophie wollte die Penthaus-Tür schließen, doch Kai rief:

»Stopp, noch nichts berühren, falls wir die Polizei rufen müssen. Warte, ich wecke den Wolfgang.«

Kai ging hinüber zu dessen Schlafzimmer und weckte den Besitzer des Penthauses.

Wolfgang zog sich einen Morgenmantel über und erschien dann im Wohnzimmer.

»Was ist los? Warum habt ihr mich geweckt?«

Sophie erzählte ihm, was sie wahrgenommen hatte. Wolfgang hörte sich die Geschichte an und ihm fiel sofort eine tolle Lüge ein.

»Vielleicht war es ja der Günther, der bisher noch nicht angereist war. Der kam her, schaute in sein Schlafzimmer, entdeckte, dass es belegt war und ist beleidigt wieder abgereist.«

»Hör auf mit der Spinnerei«, Claudia war empört, »Günther wäre doch garantiert zu mir gekommen. Das war nicht Günther, nie und nimmer.«

Claudia drehte sich um und ging weinend zurück in ihr Zimmer.

Wolfgang nahm Sophie am Arm und führte sie in ihr Schlafgemach.

»Komm Schatz, leg dich noch ein wenig ins Bett, du musst nachher früh raus. Kai und ich klären das hier schon.«

Sophie war froh, wieder in ihr Bett fallen zu können und bat Wolfgang:

»Bitte komm bald wieder, ich habe ein wenig Angst.«

»Das kann ich verstehen. Ich bin bald wieder da.«

Wolfgang ging zurück ins Wohnzimmer zu Kai und der fragte:

»Warum hast du das mit Günther erzählt? Du weißt doch, dass das Quatsch ist.«

»Wenn du etwas mitdenken würdest, hättest du gemerkt, dass ich uns damit ein Alibi schaffen wollte. Ich wollte darstellen, dass wir von Günthers Ableben keine Ahnung haben, falls die Polizei den Leichnam entdecken würde.«

»Das habe ich mir schon gedacht. Aber du und ich wissen, dass der Eindringling hier keiner von uns gewesen ist. Was hat der also hier gewollt? War das der Mörder von Günther? Oder war das der, der auf den Walter schoss? Und wenn ja, wollte er einen von uns umbringen? War das ein Einbrecher? Fehlt hier irgendetwas, hat er etwas gestohlen? Wie konnte der ins Haus und wie in das Penthaus hineinkommen? Das geht doch nicht ohne Schlüssel, denn die Tür zum Penthaus wurde nicht gewaltsam geöffnet. Was war hier los? Wir sollten uns darüber Gedanken machen.«

»Du hast recht, warte, ich wecke den Manuel, dann versuchen wir zu dritt die Sache zu klären. Die Frauen sollten wir noch raushalten. Einverstanden?«

Kai stimmte zu und ging, um Manuel zu holen. Als der dann wach war und im Wohnzimmer erschien, holten ihn die beiden anderen an Bord und erzählten ihm die ganze Geschichte.

»Kai und ich haben uns schon Gedanken gemacht, was hinter dem Eindringling stecken könnte, haben aber noch keine Erklärung gefunden. Lass uns nachdenken, vielleicht fällt uns etwas ein.«

»Vielleicht sollten wir eine Inventur machen und klären, ob uns nichts gestohlen wurde. Was meint ihr?«

Kais Vorschlag fand allgemeine Zustimmung, doch bevor sie sich erhoben, rief Manuel plötzlich:

»Günther!«

»Was ist mit Günther? Was meinst du?«

»Liegt er noch in der Gefriertruhe?«

»Schließlich habe ich ja den Schlüssel«, entgegnete Wolfgang, »und den habe ich noch nicht wieder herausgegeben.«

»Bitte lass uns nachsehen.«

Manuel wirkte sehr beunruhigt.

»Bitte hol den Schlüssel.«

Wolfgang verschwand in seinem Schlafzimmer und die beiden anderen gingen zur Tür des Abstellraums.

»Siehst du das?«, Kai zeigte auf den Schlüssel, der in der Tür zum Abstellraum steckte, »da steckt der Schlüssel.«

In diesem Augenblick erschien Wolfgang und hielt triumphierend seinen Abstellraumschlüssel in die Höhe.

»Hier ist der Schlüssel.«

»Dann muss das der Zwillingsbruder von dem da sein«, spottete Kai und zeigte auf den Schlüssel, der in der Tür steckte.

»Das kann doch gar nicht sein.«

Wolfgang war sichtlich erschrocken, er öffnete die Tür, die nicht abgeschlossen war und schrie laut auf.

»Verdammter Mist!«

Der Deckel der Gefriertruhe war weit geöffnet. Sie schalteten das Licht an und blickten in die Truhe. Darin sahen sie den tiefgefrorenen Günther.

»Jemand muss hier gewesen sein und hat Günther gefunden. Wer war das?«

»Was ist denn hier los, macht ihr eine Betriebsversammlung? Bei dem Krach, den ihr macht, kann ja keiner schlafen.«

Sophie war wieder wach geworden und stand jetzt hinter den Männern an der Tür zum Abstellraum. Ihren Morgenmantel hatte sie abgelegt. Jetzt trug sie nur einen reizvollen Tanga und präsentierte den Männern wieder ihre Brüste.

Geistesgegenwärtig schob Wolfgang seine Geliebte zurück und brachte sie in ihr Schlafzimmer.

»Gedulde dich bitte, wir müssen da noch etwas klären. Außerdem kannst du noch etwas Schlaf gebrauchen, denn du musst schon bald wieder aus dem Bett.«

»Wolltet ihr das Mittagessen für heute aus der Gefriertruhe nehmen?«

Sophie konnte ihre Neugier kaum zügeln.

»Ja, so ähnlich«, antwortete Wolfgang und verschwand dann wieder aus dem Schlafzimmer.

»Was macht ihr denn heute zum Mittagessen?«, rief Sophie hinter ihm her, doch das konnte er schon gar nicht mehr hören, denn er stand bereits wieder bei den Anderen im Abstellraum.

»Wieso steckt hier ein Schlüssel, der auch noch passt, wenn ich den Originalschlüssel habe?«

Kai zog den Schlüssel aus dem Schloss und zeigte ihn den beiden anderen.

»Schaut her, das ist ein Schlüssel mit einem Bart. Man nennt die Dinger auch Buntbartschlüssel oder einfach Zimmerschlüssel. Bei Türen innerhalb einer Wohnung bieten die keine große Sicherheit und außerdem werden innerhalb einer Wohnung oftmals identische Schlösser in die Türen eingebaut. Und damit sind dann auch Schlüssel gleich und passen auf mehrere Türen. Wir können das gern mal testen.«

Kai lief los und zog vier Schlüssel aus den Zimmertüren und siehe da, zwei davon passten auf das Schloss der Tür zum Abstellraum.

»Woher weißt du denn so etwas?«, wollte Manuel wissen.

»Ich habe mir vor einiger Zeit mal eine Wohnung gekauft, da war das auch so.«

»Dann muss jemand hier gewesen sein, der in unserer Abwesenheit gestern in der Wohnung geschnüffelt hat, die verschlossene Tür zum Abstellraum fand, neugierig wurde und verschiedene Schlüssel probiert haben muss.«

Kai marschierte wieder los und entdeckte, dass in seinem eigenen Zimmer kein Schlüssel steckte.

»Das ist die Lösung, der Unbekannte hat den Schlüssel aus meiner Schlafzimmertür genommen. Die vier Probeschlüssel eben, die habe ich aus anderen Türen geholt.«

»Wieso ist jemand hier ins Penthaus gekommen? Das ist ein perfektes Sicherheitsschloss-System hier im Penthaus. Da kommt man nicht so einfach mit einem Dietrich rein. Und nachmachen kann man die Schlüssel auch nicht. Wir haben doch alle noch unsere Schlüssel. Halt!« Wolfgang unterbrach sich selbst, »Das muss Günthers Schlüssel sein. Günther war ja hier, hatte seinen Schlüssel vergessen und bekam dann den von Juist-Immo. Als er ermordet wurde, da hatte er den Immo-Schlüssel noch. Sein Mörder muss also diesen Schlüssel mitgenommen haben.«

»Aber was wollte er dann hier? Uns auch töten?«

»Quatsch, ich reime mir mal was zusammen«, Kai hatte plötzlich eine Eingebung, »man sagt doch, dass jeder Mörder an den Tatort zurückkehrt. Der Täter hat festgestellt, dass das Penthaus wieder bezogen wurde und wir eigentlich die Leiche entdeckt haben müssten. Er hat auch gemerkt, dass wegen Günther keine Polizei vor Ort erschien und das machte ihn neugierig. Er nahm den Schlüssel, den er Günther abgenommen hatte und schnüffelte hier im Penthaus. Als er die verschlossene Tür fand, zählte er eins und eins zusammen, öffnete mit einem anderen Zimmerschlüssel die Tür und fand Günther in der Tiefkühltruhe. Die Klappe ließ er dann zur Warnung geöffnet stehen. So kann es gewesen sein.«

»Das klingt sehr logisch, ich kann deine Rekonstruktion nachvollziehen. Du sprichst aber immer von dem Täter, vergiss nicht, vielleicht war es ja eine Frau. Aber warum wurde danach auch noch auf Walter geschossen? Warum?«

Wolfgang sank regelrecht in sich zusammen.

»Da kann ich mir auch keinen Reim darauf machen. Keine Ahnung.«

»Schau mal auf die Uhr, es ist gleich halb fünf. Ich schlage vor, wir wecken die Frauen und Friedhelm. Wir erklären, dass jemand in das Penthaus eingedrungen ist und dass wir alle in Gefahr sind, so wie es uns angeblich die Polizei erklärt hat. Die Frauen und Friedhelm sollen ihre Sachen packen und wir verlassen alle das Penthaus. Kneipen haben um diese Zeit nicht auf. Wir gehen, mit Gepäck an den Strand, an den Hafen oder egal wo hin und bringen sie dann später zur Fähre. Wenn sie weg sind, haben wir Zeit und entscheiden uns dann, was wir machen können. Manuel, bitte koch Kaffee für uns alle, von mir aus machst du auch einen Tee für Helene. Ein schnelles Frühstück können wir uns in jedem Fall noch genehmigen.«

Gesagt, getan. Wolfgangs Plan schien zu funktionieren. Sophie und Marianne folgten sofort den Anweisungen der Männer, auch Friedhelm packte seine Sachen.

Nur Helene war sauer und glaubte die Geschichte von dem nächtlichen Eindringling nicht.

»Ihr spinnt doch alle, als ob hier jemand nachts reinkommt. Ihr könnt mir glauben, dass ich Angst habe, große Angst sogar, denn schließlich wurde auf meinen Freund geschossen und er ist lebensgefährlich verletzt. Etwas an der ganzen Sache ist faul, oberfaul sogar. Wieso habt ihr nicht die Polizei gerufen, als der angebliche Einbrecher hier entdeckt wurde? Ich weiß es, ihr habt was zu verbergen. Und was, verdammt noch mal, ist mit Günther?«

Helene redete sich in Rage. Ihre Stimme wurde immer lauter.

»Und dann die Scheiße mit der Taxifahrt nach Düsseldorf. Wieso fliegt uns Wolfgang nicht mit seinem Flugzeug nach Düsseldorf? Das ist mit Sicherheit viel billiger und geht viel schneller. Außerdem könnte er dann auch schnell wieder hier sein, wenn er der Polizei für Befragungen zur Verfügung stehen soll. Ich habe den Eindruck, dass wir von euch hier komplett verarscht werden.«

»Stimmt«, Sophie war plötzlich hellwach, »Helene hat recht, wieso werden wir nicht zurückgeflogen?«

»Ich fände das auch besser« auch Marianne ergriff die Partei der beiden anderen Frauen, »jetzt los, was gibt es hier zu verbergen? Was ist hier wirklich passiert?«

Wolfgang hatte als erster die Fassung wieder gefunden.

»Wisst ihr was? Des Rätsels Lösung ist sehr einfach. Ob ihr es glaubt oder nicht, der Anschlag auf Walter hat mir auch sehr zugesetzt, ich habe an mein Flugzeug keinen Augenblick gedacht. Natürlich fliege ich euch zurück. Ich muss nur einen Transport zum Flugplatz organisieren, ich denke, dass das so um 8 Uhr oder 8:30 Uhr funktionieren könnte, dann fliege ich euch sofort zurück nach Düsseldorf, ist doch klar, kein Thema.«

»Jetzt fühle ich mich erst recht verarscht. Der große Planer, der große Macher Wolfgang, hat an sein Flugzeug nicht gedacht. Wer's glaubt, wird selig.«

Helene war vollkommen außer sich.

»Ich weigere mich, mit euch zu fliegen. Ich fahre mit der Fähre und komme schon irgendwie nach Düsseldorf.«

»Das ist deine Entscheidung, ich gebe dir gern das Geld für die Taxifahrt. Du musst das selbst wissen«, Wolfgang wollte vermitteln.

»Ich will deine Kohle nicht, ich kann mich um mich allein kümmern.«

»Wer fliegt jetzt alles mit?«, wollte Wolfgang wissen.

»Ich komme mit, ich fliege mit dir hin und dann wieder zurück.«

Kai hatte sich entschieden. Manuel flüsterte kurz mit seinem Freund Friedhelm und verkündete dann, dass er hier im Penthaus bleiben und auf die Rückkehr von Wolfgang warten würde.

Helene ging in ihr Zimmer und packte ihre Sachen zusammen. An ihre Kleidung, die in dem von der Polizei versiegelten Raum lag, kam sie nicht heran.

»Wertsachen habe ich nicht in Walters Zimmer, aber vielleicht kann mir jemand meine Kleidung und sonstige Sachen zuschicken, wenn der Raum wieder freigegeben wurde.«

Manuel sagte: »Ich mache das Helene, ich schicke dir alles zu. Willst du nicht doch mit uns fliegen? Ich würde mich freuen, wenn du mitkommst.«

»Nein, ich habe mich entschieden, ich will mit euch nichts mehr zu tun haben. So was wie hier, das ist mir noch nicht passiert.«

Sie schnappte sich die Tasche mit ihren Habseligkeiten und ohne sich von den anderen zu verabschieden, verließ sie das Penthaus.

Die Zeugen

Markus und Helga hatten im Hotel Atlantic gemeinsam gefrühstückt.

Markus blickte auf die Uhr, »Es ist Zeit«, beide erhoben sich und gingen die wenigen Meter bis zur Polizeistation zu Fuß.

Eike Haferland und Hanke Hinrich erwarteten die beiden bereits.

»So, was machen wir jetzt, wie fangen wir an?«, wollte Eike wissen.

»Wir haben gestern Abend folgenden Plan entwickelt. Zunächst möchten wir den Zeugen, der den flüchtenden Täter gesehen hat, sprechen, danach wollten wir die verhaftete Frau Dachhauser vernehmen und dann gehen wir zu dieser Wohnung, in der diese Clique lebt. Die Personen dort vernehmen wir einzeln danach. Hanke, kannst du uns bitte einen richterlichen Durchsuchungsbeschluss besorgen?«

Hanke war sofort einverstanden.

»Okay, wie kommen wir an den Zeugen?«

»Da kümmere ich mich drum«, Eike erklärte sich bereit, »ich versuche ihn hierher zubekommen, ich habe seine Telefonnummer.«

»Moment«, sagte Eike, »hier ist ein erster Bericht der Spurensicherung, genauer gesagt der KTU. Markus ließ sich das Papier geben und las es durch.

»Da steht nichts Neues drin, nur, dass auf der Pistole keine Spuren zu finden waren. Das wussten wir noch nicht. Die Schüsse sind aus ungefähr drei Meter Abstand abgegeben worden. Offensichtlich ist unser Täter kein geübter Pistolenschütze, sonst wäre Walter Dachhauser tot, aber das kommt nicht von der KTU, das ist meine Interpretation.«

»Wir haben gestern darüber schon einmal nachgedacht. Vielleicht ist der Täter sogar ein hervorragender Schütze und er hat absichtlich auf die Beine geschossen. Vielleicht sollte das eine Warnung oder ein Denkzettel sein und es war gar keine Tötungsabsicht.«

»Darüber habe ich noch nicht nachgedacht, aber natürlich hast du recht«, Eike sah ein, dass Helgas Argument richtig sein könne.

Helga meinte dann: »Ich schlage vor, wir vernehmen jetzt als Erstes die Verdächtige. Soll ich sie holen?«

Helga erhob sich, nachdem keine Einwände kamen und führte Frau Dachhauser in den Vernehmungsraum.

»Mein Name ist Helga Weilburger, ich bin Kriminalkommissarin von der Polizeiinspektion aus Aurich. Wir ermitteln im Fall ihres verletzten Ehemannes. Haben sie heute Morgen schon gefrühstückt?«

»Na ja, wenn man das Frühstück nennen soll, dann habe ich schon gefrühstückt.«

»Was war an dem Frühstück nicht in Ordnung? Hat etwas gefehlt? Oder waren sie mit der Qualität nicht einverstanden?«

»Nein, nein, alles gut« Frau Dachhauser wiegelte ab, »ich bin satt geworden, der Kaffee war auch okay, aber die Umstände, unter solchen Umständen habe ich noch nie gefrühstückt. Ich habe zum ersten Mal in meinem Leben ein Gefängnis von innen gesehen.«

»Das kann ich gut verstehen, das wäre mir auch so ergangen. Aber sie wissen schon, warum sie gestern ins Gefängnis gekommen sind?«

»Man hat mir erzählt, mein Mann wäre angeschossen worden und ich werde verdächtigt, die Täterin zu sein.«

»Sie sind gestern bei der Verhaftung sicher über ihre Rechte aufgeklärt worden. Wissen sie noch, welche Rechte sie haben oder soll ich ihnen die noch einmal erklären?«

Das brauchen sie nicht, ich weiß, dass ich schweigen und mir auch einen Anwalt nehmen kann. Darüber möchte ich noch nachdenken. Wie lange muss ich denn noch hierbleiben? Muss da nicht ein Richter entscheiden, wie es weitergeht?«

»Genauso ist es, wir werden versuchen, einen Untersuchungsrichter hier herzubekommen. Das muss bis zum heutigen Abend geschehen. Von seinem Urteil hängt es ab, ob Untersuchungshaft gegen sie angeordnet wird.«

»Wenn ich einen Anwalt möchte, wie geht das denn?«

»Sie haben die freie Wahl, es gibt Anwälte hier auf der Insel. Sie können wählen, wen sie wollen. Wenn sie sich keinen Anwalt leisten können, wird ihnen ein Anwalt gestellt. Das ist ganz einfach.«

Markus betrat den Vernehmungsraum, setzte sich neben seine Kollegin und hörte zunächst einfach zu.

Helga stellte ihren Kollegen Markus vor und sagte dann:

»Wir haben zunächst nur über die Rechte von Frau Dachhauser gesprochen. Sie kennt ihre Rechte, weiß allerdings noch nicht, ob sie einen Anwalt hinzuziehen will. Das entscheidet sie noch.«

Markus fragte die Verdächtige: »Wollen sie sich zur Sache äußern oder machen sie das nur mit ihrem Anwalt?«

»Das kommt darauf an, welche Fragen sie mir stellen.«

»Zunächst wollen wir sie nur besser kennenlernen. Sie heißen Inge Dachhauser, geborene Schulze, wohnen in Düsseldorf und Walter Dachhauser ist ihr Ehemann. Das stimmt doch so weit, oder?«

»Das stimmt, stimmt aber auch nicht. Walter Dachhauser, mit dem bin ich verheiratet«, und nach einer kurzen Pause fügte sie hinzu, »noch. Er hat sich vor vier Monaten von mir getrennt und ist ausgezogen. Ich genüge ihm nicht mehr, er erwarte mehr vom Leben, ich habe mich nicht mit ihm weiterentwickelt und so weiter und so weiter. Ich glaube, die Kerle, die ihre Frauen mit anderen Weibern bescheißen, holen sich ihre Argumente alle aus demselben Lehrbuch. Die Sprüche wiederholen sich, wie ich von Freundinnen immer wieder erfahre. Er ist nun mal der Vater meiner Kinder und hat das Recht, die Kids alle 14 Tage am Wochenende zu sich zu holen.«

»Wie alt sind ihre Kinder?«, wollte Helga wissen.

»Mein Sohn Luca ist sieben Jahre und die Tochter Leonie ist gerade fünf geworden.«

»Wo sind ihre Kinder jetzt?«

»Bei meinen Eltern, also bei Oma und Opa in Düsseldorf.«

»Wenn ich sie so höre, dann klingen sie ziemlich verbittert. Hassen sie ihren Mann?«

»Das ist vorbei. Ich hasse ihn nicht, ich verachte ihn. Das ist ein ganz anderes Gefühl. Wenn man jemanden verachtet, wird einem bewusst, was derjenige für ein minderwertiger Mensch ist. Er hat zweimal gelobt, mir versprochen, vor dem Standesamt und in der Kirche: ‚In guten wie in schlechten Zeiten.' Wissen sie, in jeder Beziehung kann es schlechte Zeiten geben. Wenn sich dann beide bemühen, die schlechten Zeiten in gute zu wandeln, dann kann man das positiv bewerten. Wenn sich jemand nicht einmal darum bemüht, die schlechten Zeiten zu verbessern, sondern einfach eine Beziehung oder gar eine Ehe beendet, dann finde ich das verachtenswert. Darum verachte ich meinen Mann. Das macht mich sogar stark, das verleiht mir Kraft. Ich muss sagen, nachdem er jetzt beinahe erschossen und schwer verletzt wurde, kann ich kein Mitleid empfinden. Halten Sie es für schlimm, wenn ich sage, ich hätte auch nicht getrauert, wäre er durch die Schüsse getötet worden. Ich weiß, das klingt ganz schlimm. Ich kann es nicht ändern.«

»Waren sie vielleicht gestern so wütend auf ihn, dass sie auf ihren Mann geschossen haben?«

»Ich habe nicht auf ihn geschossen, das könnte ich gar nicht. Ich kann keiner Fliege etwas zu leide tun und ich besitze auch keine Waffe. Ich bin nur hinter ihm hergefahren. Mir war bekannt, dass er vorgestern mit seiner Clique hier nach Juist fliegen wollte. Da bin ich vor drei Tagen bis nach Norddeich gefahren, habe dort übernachtet und habe vorgestern früh die Schnellfähre nach Juist genommen. Ich habe mir dann eine Unterkunft gebucht, für 10 Tage.«

»Ihre Ankunft auf Juist, war also am Mittwoch, 15. Juli? Richtig?«

»Ja, stimmt, die Schnellfähre war so ungefähr um 11 Uhr im Hafen.«

»Wo wohnen sie hier auf Juist?«, wollte Helga wissen.

Frau Dachhauser nannte die Anschrift der Pension ‚Zauberland' und Helga schrieb sich die Adresse sofort auf.

»Was war dann, was haben sie gemacht, als sie ihr Zimmer hatten?«

»Ich habe mir ein Fahrrad gemietet, bin zum Flugplatz gefahren und habe gewartet. Als die Clique ankam, es waren nur sechs Leute, zwei Männer und vier Frauen. Ich habe alle fotografiert. Ich kenne sie ja alle, also die Männer, die Huren, die dabei sind, kenne ich nicht. Die Männer sind ja alle verheiratet. Ich kenne auch ihre Ehefrauen. Es ist ja schließlich nicht verboten, Fotos von Ehebrechern zu machen und die Bilder dann den Ehefrauen zu zeigen.«

»Frau Dachhauser, sie irren sich. Laut Strafgesetzbuch, § 201a verletzen sie die Persönlichkeitsrechte, auch von Ehebrechern. Solange sie die Bilder nicht benutzen, um den Männern zu schaden, sehen wir mal darüber hinweg.«

»Was haben sie danach gemacht, nachdem sie die Fotos hatten?«, wollte Helga wissen.

»Ich bin hinter der Pferdekutsche hergefahren und habe so mitbekommen, wo die Kerle hier auf Juist wohnen. Ich wusste nicht, dass es das Penthaus noch gibt. Als mein Mann mich noch liebte, war er schon mal mit mir allein hier.«

»Einmal waren sie hier? Oder öfter?«, fragte Helga.

»Einmal, nur einmal, hat er mich mitgenommen. Aber das ist auch schon wieder ein paar Jahre her.«

»Was haben sie gemacht, nachdem sie entdeckt hatten, dass die Gruppe ins Penthaus zog?«

»Zunächst bin ich noch am Strand spazieren gegangen. Danach bin ich in mein Zimmer marschiert. Ich hatte mir in einer Pension hier auf Juist ein Zimmer genommen. Für 10 Tage habe ich gebucht und ich wollte auch noch bleiben. Aber dann wurde ich gestern verhaftet.«

»Sie sind die Ehefrau eines Mannes, der mit seinen Freunden hier auf Juist mit Freundinnen ein paar Tage Urlaub macht. Sind außer ihnen noch andere Ehefrauen hier?«

Markus blickte der Frau Dachhauser tief in die Augen.

Inge Dachhauser verlor für einen kurzen Augenblick ihre Fassung und sagte dann:

»Nein, nicht, dass ich wüsste.«

»Woher wissen sie das? Haben sie mit anderen Ehefrauen darüber geredet?«

»Mit Nein meine ich, dass ich nicht weiß, ob andere Frauen hier sind.«

»Wo waren sie gestern Vormittag?«

»Ich habe mir ein paar Geschäfte im Ort angesehen. Das war es, halt, ich bin dann noch ins Rathaus, zur Kurverwaltung, oder wie das heißt, da wo ich den Gästebeitrag zahlen muss, sonst komme ich ja nicht mehr von der Insel runter.«

»Wann war das, wann waren sie dort und haben bezahlt?«

»Der Beleg muss bei meinen Unterlagen sein, die sie mir gestern abgenommen haben.«

Helga stand auf, verließ den Raum und bat Hanke, ihr die Unterlagen von Frau Dachhauser zu geben. Sie schaute nach und fand tatsächlich den Buchungsbeleg. Damit kehrte sie ins Vernehmungszimmer zurück, überreichte ihrem Kollegen den Beleg und sagte: »Schau mal hier.«

Auf dem Beleg war deutlich das Datum der Buchung und die Uhrzeit zu sehen. 10:06 Uhr

»Frau Dachhauser, laut ihres Belegs haben sie die Gästegebühr um 10:06 Uhr bezahlt. Kann das stimmen?«

»Na, wenn das auf der Quittung steht, wird es schon stimmen. Ich habe bezahlt und habe dann noch ein paar Schritte Richtung Kurhaus gemacht. Da unten drin ist eine Arztpraxis und ich sah, wie der Doktor schnell aus seiner Praxis lief, in sein Auto stieg und wegfuhr. Das fiel mir auf, weil man ja hier normalerweise keine Autos sieht.«

»Moment, ich bin gleich wieder da.«

Helga stand auf und ließ sich von Hanke mit der Arztpraxis telefonisch verbinden. Sie erklärte, dass sie von der Polizei sei und wollte von der Helferin wissen, ob es am Vortag einen Notfalleinsatz vom Arzt gegeben hätte.

Die bestätigte, dass um 10:14 Uhr ein Notruf einging und der Doktor zu diesem Einsatz mit dem Auto fuhr.

Im Vernehmungszimmer bat sie Markus um ein kurzes Gespräch. Vor der Tür erklärte sie ihm, dass Frau Dachhauser offensichtlich ein Alibi habe, denn der Anschlag wurde nach Zeugenaussagen um 10:10 Uhr ausgeführt.

»Gut«, sagte Markus, »lassen wir sie frei. Ich halte sie auch nicht für schuldig. Es ist ohnehin nicht leicht für sie und jetzt ist der Ex auch noch schwer verletzt. Sie ist in einer beschissenen Situation.«

Markus entschuldigte sich bei Frau Dachhauser, aber die war wieder im Schweigemodus. Weder Freude noch Frust waren ihrer Körpersprache zu entnehmen. Als sie die Polizeistation Richtung Kurplatz verließ, sah ihr Helga noch einen Augenblick hinterher. Dann ging sie zurück ins Gebäude. Sie suchte nach Markus und als sie ihn fand, fragte sie ihn:
»Wie war das Gespräch? Ist dir etwas aufgefallen?«
Markus überlegte nicht lange und antwortete:
»Sie ist sehr verbittert. Hat wohl sehr lange unter den Eskapaden ihres Mannes gelitten. Wenn Frauen morden, dann üblicherweise, weil es Konflikte in einer Beziehung gibt. Männer morden, wenn sie eine Partnerschaft aufrecht halten wollen, und wenn das nicht funktioniert, werden sie manchmal zum Mörder. Frauen töten häufiger, wenn sie sich trennen wollen, weil sie völlig am Ende sind und der tote Partner für sie die Lösung des Konfliktes darstellt. Ich glaube trotzdem, dass die Frau Dachhauser etwas verschweigt oder verbergen will. Es gab da einige Unsicherheiten bei ihr. Aber ihr Alibi scheint wasserdicht zu sein. Wir sollten sie weiter im Auge behalten.«
Plötzlich begann Markus zu singen:
»Cold Hearted Man, one time lover heart in his hand, cold Hearted Man, and you can't trust nothing you don't understand, cold Hearted Man, cold Hearted Man«
Helga schaute zu ihrem Kollegen und lauschte, als er fertig war, klatschte sie in die Hände und sagte:
»Not so bad, den Song kenne ich, ‚Cold Hearted Man' von AC/DC. Ich nehme an, du nimmst Bezug auf den Ehemann von ihr, den Walter Dachhauser.«

»Genau, den meine ich, manchmal können Männer schon richtige Arschlöcher sein.«

»Stimmt«, Helga nickte, »aber auch unter den Frauen gibt es Arschlöcher. Ich will hier mal das männliche Geschlecht in Schutz nehmen. Nicht alle Männer sind Schweine.«

»Ich danke dir, ich weiß, dass du mich meinst, ich bin nämlich der perfekte Mann.«

»Und zum Glück bist du gar nicht eingebildet«, lachte sie.

Markus erkundigte sich bei Eike, wann sie mit dem Zeugen reden könnten.

»Der wird in den nächsten zwanzig Minuten hier sein. Das hat er versprochen. Er heißt übrigens Peter Meersmann.«

Bevor der Zeuge eintraf, lasen Markus und Helga das erste Vernehmungsprotokoll durch. Es war nicht viel daraus zu entnehmen, der Mann hatte offensichtlich nur drei Schüsse gehört und eine Person, die er nicht näher beschreiben konnte, weglaufen sehen.

Sie gingen beide in die kleine Küche und bereiteten sich einen Ostfriesentee zu, so wie sie es von Hanke gezeigt bekommen hatten. Obwohl Helga schon länger in Ostfriesland lebte als Markus, erfuhren beide erst durch ihren ostfriesischen Kollegen, wie das Teeritual geht.

Mit dem Löffel gibt man in Ostfriesland Sahne an den Rand der Tasse, und zwar, ganz wichtig, entgegen dem Uhrzeigersinn. Dadurch kann man die Zeit anhalten oder verlangsamen. Die Sahne sinkt zunächst im Tee nach unten und steigt wenig später als ‚Wulkje‘, als Wölkchen wieder nach oben. Der Tee mit der Sahnewolke darf keinesfalls verrührt werden, sonst geht nämlich die typische Geschmacksvielfalt verloren. Hat man seinen Tee ausgetrunken, wird die nächste Tasse nachgeschenkt. Drei Tassen müssen es mindestens sein, denn dreimal ist Ostfriesen-Recht.

Die erste Tasse war gerade trinkbereit, als ein Mann die Polizeistation betrat.

»Moin, ich bin Peter Meersmann, sie hatten mich angerufen und um ein Gespräch gebeten.«

»Moin«, antwortete Markus und führte den Mann in das Vernehmungszimmer.

»Bitte nehmen Sie Platz.«

Helga und Markus setzten sich dazu und Helga ergriff das Wort, nachdem sich beide vorgestellt hatten.

»Herr Meersmann, sie haben sich gestern als Zeuge gemeldet, nachdem ihnen etwas aufgefallen war. Was genau haben sie gesehen oder gehört?«

»Es war 10 Minuten nach 10, als ich an dem Haus vorbeiging. In diesem Moment hörte ich dreimal einen Pistolenschuss. Dann lief ein Mann aus dem Gebäude in Richtung Dünen davon.«

»Wieso wissen sie die Uhrzeit so genau?«

»Als ich die Schüsse hörte und den Mann herauslaufen sah, habe ich auf die Uhr meines Handys geschaut, da stand 10:10 Uhr und da zwischen den Schüssen und dem Weglaufen nur Sekunden vergingen, war es für mich die gleiche Zeit.«

»Was haben sie denn um diese Zeit dort an dem Haus gemacht?«

»Ich kam aus dem TöwerVital Meerwasser-Bad. Ich gehe dort an jedem Morgen zum Schwimmen. Und ich wollte in meine Pension, die ist nicht weit weg von dem Haus, wo das geschah.«

»Haben wir die Anschrift der Unterkunft?«

Helga nickte. »Ja, haben wir.«

»Herr Meersmann, sie sagten, sie haben Pistolenschüsse gehört. Woher wissen sie, dass das eine Pistole und kein Gewehr war?«

»Das ist eine berechtigte Frage, aber ich war bei der Bundeswehr, da habe ich oft mit der Pistole geschossen und daher kann ich den Klang von Pistolen- und Gewehrschüssen unterscheiden. Außerdem bin ich sicher, als der Täter weglief, hätte ich ein Gewehr gesehen. Da das nicht der Fall war, gehe ich von einer Pistole aus.«

»Gut, das ist aber Spekulation. Ich akzeptiere, dass sie die Schüsse von Pistole und Gewehr unterscheiden können.«

Helga fragte weiter: »Sie haben gestern ausgesagt, nicht zu wissen, ob die Person, die weglief, eine Frau oder ein Mann war. Heute sind sie sicher, einen Mann gesehen zu haben. Woher kommt der Gesinnungswandel?«

»Ich habe lange nachgedacht. Ich habe bisher noch nie einen solchen Vorfall beobachtet und möchte es auch nicht wieder erleben. Wenn ich mir die Art und Weise vor Augen führe, wie die Person lief, komme ich auf Mann. Eine Frau läuft anders als ein Mann. Das war gestern ein Mann, sagen wir mal zu 80 %.«

»Welche Kleidung haben Sie an der Person entdeckt, bitte beschreiben Sie die Kleidung.«

»In jedem Fall eine hellblaue Jeanshose, mit solchen Rissen in den Beinen, wie das ja viele tragen. An die Hose erinnere ich mich.«

»Und obenherum? Ein T-Shirt, ein Pullover, eine Jacke? Haben sie da etwas im Langzeitgedächtnis?«

»Etwas Dunkles. Ob es ein Shirt, ein Hemd oder ein Pullover waren, weiß ich nicht.«

»Sie sagen dunkel. Können sie die Farbe konkret beschreiben? Wenn sie sich auf eine Farbe festlegen müssten, welche Farbe wäre das?«

»Dunkelblau, düsteres Blau.«

Markus übernahm wieder das Gespräch.

»Wie groß war die Person, was schätzen Sie?«

»Nicht sehr groß, vielleicht, 1,70 oder 1,75.«

»Welche Schuhe hatte die Person an?«

»Dunkle Sportschuhe mit einer weißen Sohle.«

»Was ist mit den Haaren? Haarfarbe oder Frisur?«

»Ich glaube blond, eher kurze Haare, oder war es lang? Ich weiß es nicht mehr.«

»Hatte der Mann einen Vollbart oder war er glattrasiert?«

»Wollen sie mich auf den Arm nehmen? Wenn ich einen Bart gesehen hätte, wüsste ich, dass es ein Mann war.«

»Die zerrissene Jeans, die sie beschreiben, wird die nicht eher von Frauen getragen?«

»Ich glaube trotzdem, es war ein Mann.«

»Wie alt war die Person?«, wollte Helga wissen.

»Wenn ich an die Geschwindigkeit des Weglaufens denke, dann war die Person höchsten 40 oder 45. Eher jünger.«

»Herr Meersmann, gibt es noch etwas, dass sie uns erzählen können?«

»Ich weiß nicht, was ich noch erzählen könnte.«

»Waren außer ihnen noch andere Menschen in der Nähe des Hauses, als der Täter herausrannte?«

»Ja, natürlich, zwei oder drei waren bestimmt dort.«

»Haben sie von denen jemand erkannt?«

»Ja, da war eine Frau, die im Service eines Restaurants arbeitet.«

»In welchem Restaurant arbeitet die Dame?«

»Im Heelbutten, das ist da nicht weit weg vom Kurhaus.«

»Das kennen wir, wissen sie auch den Namen der Frau?«

»Nein, aber da arbeiten auch nur zwei Frauen, sonst nur Männer. Die ich meine, ist eine größere, mit blonden, langen Haaren.«

»Vielen Dank Herr Meersmann, sie haben uns sehr geholfen.«

»Moment« Helga bremste die Verabschiedung, »wie lange sind sie noch hier auf der Insel? Falls wir noch Fragen haben.«

»Ich reise in der nächsten Woche am Freitag ab.«

»Sollte ihnen noch etwas einfallen, bitte melden Sie sich, hier ist meine Karte.«

Helga überreichte ihm ihre Visitenkarte.

Peter Meersmann verabschiedete sich und die beiden Polizisten gingen hinüber zu ihrem Kollegen Hanke. Der wies auf die Küchenplatte und sagte:

»Ich habe eure Teekanne mit einem Sieb in eine andere vorgewärmte Kanne umgefüllt. Jetzt konnte ich euren Tee warmhalten, ohne, dass er bitter wird.«

»Danke, mein Lieber«, Helga drehte sich zu Markus um und meinte, »Hanke sei Dank, wir haben wieder etwas Neues vom richtigen Teetrinken erfahren.«

Zurück nach Juist

Professor Wolfgang Plaumann hatte Landeerlaubnis auf dem Flughafen Essen/Mülheim erhalten. Das war auch sein Heimatflughafen, hier hatte seine Maschine auch einen Platz im Hangar und wurde auch regelmäßig gewartet. Die Idee mit der Landung in Düsseldorf hatte er sich aus dem Kopf geschlagen, als sich bei der Anmeldung seines Fluges herausstellte, dass es in Düsseldorf Engpässe geben würde. Aber vom kleineren Airport in Essen/Mülheim war es auch nur ein Katzensprung zu ihrem Heimatort Düsseldorf.

Die Cessna 208 Caravan, rollte aus und die fünf Insassen kletterten aus der Maschine. Wolfgang und Kai brachten die beiden Frauen und Friedhelm zum Taxi, sie verabschiedeten sich und vereinbarten noch, mindestens einmal am Tag zu telefonieren und Neuigkeiten auszutauschen.

Nach dem Abschied veranlasste Wolfgang, dass seine Maschine betankt und kurz durchgecheckt wurde. In der Zeit setzten sich die beiden ins Restaurant, aßen jeder eine Currywurst und tranken ein Mineralwasser. Als sie die Nachricht bekamen, dass die Maschine startklar sei, gingen sie wieder zu der Turboprop Maschine und stiegen ein. Wolfgang meldete sich bei der Flugsicherung und wenige Augenblicke später bekamen sie die Erlaubnis zum Start. Als sie ihre Flughöhe erreichten, schaute Wolfgang auf die Uhr und sagte:

»Es ist jetzt 11:20 Uhr. Eine knappe Stunde werden wir brauchen, dann sind wir wieder auf der Insel.«

»Was für eine beschissene Situation ist das, in der wir stecken. Ich hoffe, dass der Albtraum bald vorbei ist.«

»Wenn die Polizei den toten Günther findet, dann glaube mir, beginnt der Albtraum erst richtig. Wir werden bestraft für das, was wir mit Günther gemacht und dafür, dass wir die Aufklärung seiner Ermordung verhindert haben. Wir bekommen Probleme mit unseren Ehefrauen, Scheidungen oder Trennungen können auf uns zukommen und eventuell für den einen oder anderen von uns auch berufliche Probleme. Die sind auch nicht ausgeschlossen. Ist dir das klar?«

»Das ist mir alles bewusst, ich weiß das auch und denke immerzu darüber nach, wie wir die Schwierigkeiten abwenden können. Wir müssen nachher unbedingt Manuel einbeziehen und gemeinsam einen Lösungsweg finden.«

»Wieso ist der Manuel eigentlich auf Juist geblieben und nicht mit uns mitgeflogen?«

»Das ist eine berechtigte Frage. Das weiß ich auch nicht. Ich rufe ihn mal an, mal hören, was er so treibt.«

Noch eine Zeugin

Vor dem Restaurant Heelbutten standen Tische, an denen bereits einige Gäste eine Mahlzeit einnahmen. Helga und Markus gingen in den Gastraum und sahen sich um. Ein Servicemitarbeiter kam auf sie zu und fragte, ob sie etwas essen wollten. Markus übernahm die Gesprächsführung.

»Wir sind von der Polizei. Eine Mitarbeiterin ihres Restaurants ist wahrscheinlich Zeugin eines Verbrechens geworden, ohne, dass sie das selbst weiß. Wir hätten die Dame gern gesprochen.«

»Wer soll das gewesen sein? Wir haben zwei im Service und eine in der Küche. Haben sie einen Namen?«

»Nein, wir wissen nur, dass es eine größere Frau mit blonden Haaren gewesen sein soll.«

»Das kann nur Hanni gewesen sein. Hanni ist eine Kollegin von mir. Sie ist jetzt da, ich gehe sie mal suchen.«

Helga ergänzte: »Es wird nicht lange dauern, wir werden sie nicht ewig von der Arbeit abhalten.«

»Schon gut.«

Der junge Mann verschwand und Markus und Helga setzten sich an einen Tisch im hinteren Bereich des Lokals.

Eine große Frau mit langen blonden Haaren kam aus der Küche und ging auf die beiden Polizisten zu.

»Sie wollten mich sprechen?«

»Bitte nehmen Sie doch einen Moment Platz. Wir beide sind von der Kriminalpolizei aus Aurich und ermitteln hier auf Juist. Mein Name ist Helga Weilburger, mein

Kollege heißt Markus Niemand. Wir wüssten gern ihren Namen.«

»Ich heiße Hannelore Esken. Alle nennen mich Hanni. Ich arbeite jetzt schon in der dritten Saison hier im Restaurant und komme aus Osnabrück.«

Helga machte sich wie immer Notizen in ihrem Schreibblock und Markus stellte die Fragen.

»Frau Esken, es kann sein, dass sie gestern etwas wahrgenommen haben, ohne, dass ihnen das bewusst wurde. Deshalb würden sie uns sehr helfen, wenn sie unsere Fragen beantworten.«

Hannelore Esken nickte und sagte: »Kein Problem, fragen sie einfach.«

»Wo waren sie gestern Vormittag, so gegen 10 Uhr?«

»Gegen 10 Uhr? Da gehe ich normalerweise am Strand spazieren oder über die Kurpromenade. Ich liebe die Spaziergänge bei der guten Luft hier. Und um 10 Uhr bin ich meistens auf dem Heimweg. Ich wohne hinter der katholischen Kirche.«

»Sind sie da auch über die Dünenstraße gekommen?«

»Ja, das ist mein üblicher Heimweg.«

»Da ist doch in der Mitte der Dünenstraße ein mehrgeschossiges Haus. Kennen sie das?«

»Ich weiß, welches Haus sie meinen. Das mit dem Penthaus obendrauf?«

»Genau, das Haus meinen wir. Erinnern sie sich daran, dass sie gestern gegen 10 Uhr dort vorbeiliefen?«

Hanni zögerte etwas und überlegte.

»Ich weiß nicht, war da etwas Besonderes?«

»Das hätten wir gern von ihnen gewusst. War da etwas Ungewöhnliches? Etwas, was sie dort morgens nicht hören oder sehen?«

»Stimmt, da lief eine Frau rasch in Richtung Ortsmitte. Sie hatte die Haustür zugeknallt und kam mir entgegen.«

Markus und Helga warteten ab und ließen Hanni nachdenken.

»Und die Frau hat vorher die Tür von dem Haus zugeknallt, aus dem sie kam.«

»Haben sie einen Knall gehört oder mehrere?«

»Das weiß ich nicht mehr, es war nur sehr laut. War das überhaupt eine Tür? Ich weiß nicht genau.«

»Die Frau, die da weglief, können Sie die ein wenig beschreiben?«

»Die war blond, kurze Haare, nicht sehr groß, so etwa 1,70. Vielleicht kleiner.«

»Welche Kleidung trug die Frau?«

»Ein dunkles T-Shirt und ein paar zerrissene Jeans. Und Sportschuhe, fällt mir gerade ein.«

»Fiel ihnen etwas Besonderes an der Frau auf?«

Hanni zögerte etwas und lächelte. Dann sagte sie etwas zurückhaltend: »Ja, sie hatte sehr wenig Busen. So eine Plattdeutsche, wenn sie wissen, was ich meine.«

»Ja, ich weiß, was sie meinen«, Markus wollte allerdings nicht vom Thema abweichen, »kann die Person, die sie weglaufen sahen, auch ein Mann gewesen sein?«

»Auf keinen Fall, ich bin sehr sicher, dass das eine Frau war.«

»Frau Esken, wie kommt es, dass sie so viele Details beschreiben können?«

»Wissen sie«, Hanni konnte das genau erklären, »wir Frauen beobachten andere Frauen sehr genau, solange wir sie als Konkurrentin einschätzen. Ich schaue mir allerdings auch Männer sehr genau an.«

»Die Frau gestern, hätten sie als Konkurrentin betrachtet?«

»In dem Alter schon. Die sah schon attraktiv aus, auch ohne großen Busen.«

»Was schätzen sie, wie alt war die Frau, die sie sahen?«

»Ich schätze, 35 bis 40. Als sie lief, wirkte das sehr dynamisch, sportlich auf mich.«

»Vielen Dank Frau Esken, das war sehr informativ und hilfreich für uns. Danke. Und wenn ihnen noch etwas einfallen sollte, bitte melden Sie sich.«

Markus übergab ihr seine Visitenkarte und verließ mit Helga das Restaurant.

»Komm, wir laufen mal in diese Richtung.«

Markus und Helga liefen Richtung Kurhaus und setzten sich vor dem Kurhaus auf eine der vielen Bänke.

»Wie hast du dieses Gespräch erlebt? Ist dir etwas aufgefallen?«

Helga nickte und meinte: »Und ob, ich bin ziemlich sicher, dass Frau Esken mit ihrer Beschreibung richtig lag. Mir gehen ganz viele Gedanken durch den Kopf. Lass mich bitte noch etwas mehr nachdenken.«

Der Unbekannte

Manuel hatte sich auf seinem Bett im Schlafzimmer langgestreckt. In seinen Gedanken wanderte er von seinem Ehemann Knut Eigenhardt zu seinem Lover Friedhelm Martinez. Er liebte beide und es fiel ihm ein, dass er mit Knut heute noch nicht telefoniert hatte. Knut besaß ein wunderbares Ladengeschäft in der Düsseldorfer Altstadt, in dem er kunstgewerbliche Artikel aus Südafrika verkaufte. Knut hatte einen unglaublich guten Geschmack und flog einmal im Jahr nach Kapstadt, um dort einzukaufen. Ihre gemeinsame Wohnung in Düsseldorf hatte Knut eingerichtet, es war ein kleines Paradies entstanden.

Manuel griff zu seinem Handy, als dieses begann, den Song ‚Er gehört zu mir' von Marianne Rosenberg zu spielen. Dieses Lied hatte Manuel als Klingelton auf seinem iPhone eingestellt. Das Display zeigte, dass Kai der Anrufer war.

»Hallo Kai«, meldete sich Manuel, »alles okay bei euch? Seid ihr gut in Düsseldorf gelandet?«

»Wir sind in Essen/Mülheim gelandet, haben die Mädels und deinen Friedhelm in eine Taxe gesetzt und sind inzwischen schon wieder gestartet. Wir sind jetzt auf der Höhe von Münster. In ungefähr 45 Minuten landen wir wieder auf Juist. Dann müssen wir nur noch in den Ort und zu dir kommen. Mal sehen, vielleicht können wir eine Pferdetaxe erwischen, zur Not laufen wir. Also bis später, wir melden uns, wenn wir unten sind.«

»Danke für die Information, Grüße an Wolfgang.«

Nachdem das Gespräch beendet wurde, stand Manuel auf, um sich ein Getränk aus dem Kühlschrank zu holen. Er ging in die Küche, öffnete den gut gefüllten Kühlschrank und überlegte noch, was er trinken könnte, als eine Stimme hinter ihm sagte:

»Ich will auch 'nen Drink.«

Manuel war zu Tode erschrocken und fuhr auf dem Absatz herum. Vor der Küchentür stand ein fremder Mann und grinste ihn an.

»Was wollen sie hier? Wie kommen sie in die Wohnung?«

»Ist doch scheißegal, du siehst doch, ich bin drin.«

»Und was willst du hier?«

»Habe ich doch gesagt, einen Drink!«

Der Fremde grinste immer noch. Manuel schaute ihn sich genauer an. Der Typ war schäbig gekleidet, schmuddelig und trug ein schmutzig graues T-Shirt mit einem schwarzen Adler auf der Brust. Er vermittelte einen brutalen, gewalttätigen Eindruck. Manuel war eher ein zartbesaiteter Typ und verabscheute jede Art von Gewalt.

»Verdammt du Arsch, los, gib mir ein Bier.«

Die Stimme verhieß nichts Gutes. Manuel öffnete eine Flasche Bier und stellte sie auf die Arbeitsplatte. Der Mann kam in die Küche, nahm die Flasche und trank mit einem Zug die halbe Flasche leer. Manuel bemerkte, dass er ein Paar Haushaltshandschuhe trug. Wahrscheinlich, um keine Fingerabdrücke zu hinterlassen.

»Jetzt will ich aber noch was.«

Der Typ starrte Manuel mit durchdringendem Blick an.

»Wollen sie noch ein Bier? Oder was?«

»Halt bloß die Fresse. Ich sage dir schon, was ich will, Ich will Kohle, viel Kohle, egal von wem. Ich will die Kohle, weil ich weiß, was ihr gemacht habt. Ihr habt den Toten nicht mal bei den Bullen gemeldet, ihr habt den in die Gefriertruhe gepackt wie einen Truthahn. Da liegt die Leiche, der Mann, den ihr umgebracht habt. Damit ich euch nicht bei den Bullen verpfeife, zahlt ihr mir 200.000 Euro. Fürs Erste natürlich. Wenn ihr einverstanden seid, spannt einfach heute Abend euren Sonnenschirm auf der Terrasse auf und lasst den die ganze Nacht über draußen stehen. Hast du das kapiert, du Pfeife?«

Manuel nickte. Doch der Typ brüllte los.

»Hast du das kapiert? Ich will ein Ja von dir hören!«

»Ja!«

Manuels Stimme klang vollkommen eingeschüchtert.

»Wenn ich den Schirm draußen sehe, melde ich mich wieder bei euch. Wir sehen uns noch öfter. Und jetzt bleib bloß hier in der Küche, ich haue wieder ab. Wenn du mich verfolgst, mache ich dich alle.«

Der Mann verschwand so plötzlich, wie er gekommen war.

Manuel ging vorsichtig aus der Küche und dann vom Wohnzimmer aus auf die Terrasse. Er versuchte von dort aus zu beobachten, wohin der Kerl verschwand, aber der war nicht mehr zu sehen. Manuel war verwirrt. Als er wieder etwas klarer denken konnte, ging er in die Küche und riss sich ein Blatt Papier von der Küchenrolle ab. Damit ergriff er vorsichtig die Flasche Bier, aus der der Typ getrunken hatte. Fingerabdrücke hat der ja nicht hinterlassen, aber wenn es hart auf hart kommt, ist die Polizei sicher in der Lage dessen DNA auf der Flasche zu finden. Er hatte die Flasche gerade in den Küchenschrank gestellt, als es draußen an der Penthaus-Tür klingelte.

Wahrscheinlich wieder dieser gemeine Kerl, dachte Manuel, öffnete die Tür und brüllte:

»Hau bloß ab, Mensch …«

Er verstummte sofort, als er eine Frau und einen Mann vor der Tür stehen sah. Hätte ich doch bloß durch den Türspion geblickt, dachte er.

»Mein Name ist Markus Niemand und das ist meine Kollegin Helga Weilburger. Wir sind von der Kriminalpolizei aus Aurich und würden sie gern sprechen. Dürfen wir hereinkommen?«

»Ja natürlich, bitte kommen Sie herein.«

Manuel führte die beiden ins Wohnzimmer und bot ihnen Sitzplätze an.

»Mein Name ist Wallmann, Manuel Wallmann. Was kann ich für sie tun?«

Markus ergriff das Wort und sprach: »Fangen wir am besten gleich hinten an, was war das denn für ein Anschiss, den wir gerade von ihnen kassiert haben, als sie die Tür öffneten?«

»Ich habe jemand anderes erwartet.«

»Wen haben sie denn erwartet?«

Manuel zögerte und sagte dann: »Da klingelt immer mal wieder so ein Jugendlicher und bettelt um Geld. Ich dachte, der wäre wieder da draußen.«

»So, so. Sind sie allein hier? Wo sind ihre Freunde und wo sind die Frauen? Es sind doch welche hier? Oder irre ich mich?«

»Ich bin ganz allein hier, die Frauen, von denen sie sprachen, sind abgereist und Professor Wolfgang Plaumann, der ein eigenes Flugzeug besitzt, hat sie heute früh nach Düsseldorf geflogen. Der Herr Professor und Herr Sageball sind bereits auf dem Rückflug und treffen nachher hier wieder ein.«

»Warum sind denn die Frauen abgereist? Die wollten doch sicher ursprünglich länger bleiben.« Helga fragte nach.

»Sie sind gut, einer unserer Freunde wurde hier im Haus, im Foyer angeschossen. Für sie mag es Alltag sein, mit Mord und Totschlag umzugehen. Für uns ist das alles nur schwer zu ertragen, vielleicht kommt der Täter ja wieder. Deshalb wollten die Frauen zurück und mein Freund Friedhelm auch. Wir haben alle Angst.«

Markus fragte: »Was glauben sie, wann sind die Herren wieder hier zu erreichen?«

»Vor kurzem bekam ich einen Anruf aus dem Flugzeug, da flogen sie in der Nähe von Münster. Bis zur Landung war es zu dem Zeitpunkt noch ca. 45 Minuten. Bis sie dann hier sind, ich weiß nicht, wie sie hierherkommen. Zu Fuß oder mit einem Pferdefuhrwerk. Ich denke, in ungefähr anderthalb Stunden, wenn sie nicht unterwegs noch etwas essen.«

Markus blickte auf seine Armbanduhr.

»Es ist jetzt 11:45 Uhr. Wir machen es so, wir kommen um 14 Uhr wieder. Sagen Sie bitte ihren Freunden, dass wir sie alle sprechen wollen. Falls etwas dazwischenkommt und ihre Freunde sind zu diesem Zeitpunkt noch nicht zurück, rufen Sie uns bitte an.«

Markus überreichte seine Visitenkarte. »Hier steht auch meine Handynummer drauf. Also bis später.«

Markus und Helga verließen das Penthaus und gingen zurück zur Polizeistation.

In der Polizeistation

Neue Erkenntnisse lagen nicht vor und sie besprachen mit Eike die Lage. Hanke musste kurz vorher zu einem Einsatz. Ein Urlauber hatte einen Taschendiebstahl gemeldet.

Helga wollte von ihrem Kollegen wissen: »Als wir uns vorhin dem Gebäude mit dem Penthaus näherten, kam ein Mann aus der Tür unten heraus. Hast du den Mann eigentlich gesehen?«

»Ja, habe ich. Aber ich habe dem keine Bedeutung beigemessen. Was meinst du?«

»Ich habe über die seltsame Begrüßung von dem Manuel nachgedacht, der uns anschrie ‚Hau ab'? Ob der Kerl, der das Haus verließ, damit zusammenhing, ob es der angeblich bettelnde Jugendliche war, wie der Manuel uns erzählte?«

»Das könnte stimmen, es kann sein, dass du recht hast.«

»Wenn ich recht habe, und Manuels Ausraster bezog sich auf diesen Mann, dann hat er offensichtlich etwas zu verbergen. Ich frage mich, was ist das, was will er verbergen?«

»Das sprechen wir an, wenn wir heute Nachmittag mit den drei Männern reden. Mir gefällt deine Auslegung der Beobachtung. Ich freue mich schon darauf, mit den Kerlen zu reden.«

Markus ließ ein Lächeln über sein Gesicht erkennen, als er verkündete:

»Ich werde heute Nachmittag mal den Bad-Boy spielen.«

Und dann begann er zu singen:

»And I'll show you how good a bad boy can be, I said right and they said left, I said east and they said west, I said up and they said down, I do the bad boy boogie, all over town ...«

»Lass mich raten«, Helga grinste, »das war AC/DC. Oder?«

»Du bist gut, liebe Kollegin. Der Song heißt Bad Boy Boogie.«

»Du könntest allerdings besser sein, ich meine als Sänger.«

Markus lachte, da er die spöttischen Bemerkungen von Helga zu seinen Auftritten als Sänger kannte. Markus wusste selbst, dass er mit seinen Sangeskünsten keinen Blumentopf gewinnen konnte.

»Dann bin ich gespannt auf deinen Auftritt als Bad Boy. Aber jetzt habe ich Hunger. Gehen wir etwas essen?«

In diesem Augenblick kam Hanke von seinem Einsatz zurück und hatte gerade noch Helgas letzte Worte hören können.

»Meine Frau hat für uns Frikadellen gebraten. Eine große Schüssel steht im Kühlschrank und der Kartoffelsalat steht auch da. Habt ihr Lust darauf?«

Hankes Vorschlag erntete große Begeisterung und freute sich. »Mögt ihr die Frikadellen kalt oder soll ich sie in der Mikrowelle aufwärmen?«

Alle entschieden sich für die kalte Version. Markus ging mit Hanke in die Küche. Beide deckten den Tisch und stellten die Schüsseln mit Frikadellen und Kartoffelsalat auf den Tisch. Nachdem sich die Vier gesetzt hatten, stand Helga noch einmal auf und holte Senf und Ketchup.

»Schön, das ist ja sogar Chili-Ketchup, das liebe ich.« Markus war begeistert.

Helga grinste und meinte:

»Ich dachte immer, du liebst mich. Jetzt ist es plötzlich Chili-Ketchup. Woher kommt der Meinungswandel?«

»Ich stelle mir gerade vor, du würdest neben dem Chili-Ketchup auf dem Tisch liegen und ich müsste mich entscheiden. Ich würde den Ketchup vorziehen. Natürlich nur zum Essen.«

»Jetzt hört mit dem Quatsch auf«, Eike schaltete sich ein, »wenn das jemand hört, könnte er glauben, ihr hättet ein Verhältnis miteinander.«

»Wir haben ja sogar ein Verhältnis, aber nur eines, das sich auf unseren Job bezieht«, Markus grinste.

Erkenntnisse im Penthaus

Um 12:25 landete die Cessna 208 Caravan wieder auf dem Verkehrslandeplatz Juist

Wolfgang steuerte sie in Richtung der Parkposition und zusammen mit Kai spazierten sie in das Flughafengebäude. Wolfgang hatte noch einige Formalitäten zu erledigen und dann tranken beide im Flugplatzrestaurant Sherpa noch einen Kaffee.

»Hast du gewusst, dass wir hier Fahrräder leihen können?«

Wolfgang verneinte und lobte Kai, dass er das entdeckt hatte.

Nachdem sie den Kaffee bezahlt hatten, liehen sich beide ein Fahrrad und fuhren in Richtung Dorf davon. Für die Strecke von vier Kilometern benötigten sie fünfzehn Minuten. Dann standen sie wieder am Ausgangspunkt des Geschehens und fuhren mit dem Fahrstuhl ins Penthaus hoch.

Manuel begrüßte seine Freunde und sagte:

»Wir müssen reden, ich habe eine schlechte und eine noch schlechtere Nachricht für euch. Welche wollt ihr zuerst hören?«

Kai schaute seine Freunde an und wartete auf eine Reaktion.

Wolfgang antwortete: »Dann fang mit der weniger schlimmen Nachricht an und dann können wir uns ja steigern.«

»Die weniger schlimme Nachricht ist, um 14 Uhr ist die Polizei hier, die waren vorhin schon einmal da und wollten uns aber zu dritt sprechen.«

»Okay, kein Problem!«, beurteilte Wolfgang die Nachricht.

»Jetzt haltet euch fest, wir werden erpresst.«

Wolfgang sprang, wie von der Tarantel gestochen auf und rief:

»Von wem? Wer ist das Schwein?«

Manuel erzählte die ganze Geschichte, von dem Unbekannten, der plötzlich in der Küche stand und dann die Forderung nach 200.000 Euro erhob und davon ausgeht, dass Günther von seinen Freunden ermordet wurde.

»Das ist mit Sicherheit der Typ, der neulich hier im Penthaus und an der Gefriertruhe war. Da hat er den Günther entdeckt und reimt sich jetzt etwas zusammen. Was sollen wir machen?«

Kai wirkte plötzlich sehr entschlossen, als er verkündete:

»Wir legen den um, ich bin so stinksauer auf den Kerl, ich könnte ihn ermorden.«

»Hör bloß auf«, warnte Manuel, »in einer halben Stunde ist die Polizei hier. Wir müssen uns überlegen, was wir sagen und was nicht.«

»Einzig und allein von Günther in der Truhe sagen wir nichts, sonst beantworten wir am besten alle Fragen, die die stellen. Das ist doch ganz einfach.«

»Wolfgang, hör auf, ich bin bei dem Gespräch sehr unsicher, ich habe Angst, dass ich die Fassung verliere. Am besten ist es, wenn ich von mir aus so gut wie gar nichts sage.«

Manuel wirkte bereits im Vorfeld wie ein Angsthase.

Wolfgang erklärte: »Am sichersten wird sein, wenn ich hauptsächlich rede. Schließlich bin ich der Besitzer des Penthauses und ich stelle es euch für eure privaten Urlaube zur Verfügung. Das Penthaus wird von uns genutzt um hier oben im Norden, hauptsächlich in Ostfriesland Golf zu spielen. Einmal im Jahr sind oder besser waren, wir zu fünft, für eine Woche hier und spielten gemeinsam Golf. Ich flog immer mit meiner Maschine zu den unterschiedlichen Golfplätzen. Und an anderen Terminen, wenn ich hierherkam, war der eine oder andere von euch dabei. Wir waren immer mit unseren Ehefrauen hier. Wir können ja behaupten, dass die Mädels, die jetzt hier waren, unsere eigenen Frauen gewesen sind. Meint ihr, dass das glaubhaft ist?«

»Wir müssen es einfach probieren«, meinte Kai.

Wolfgang öffnete den Barschrank und sagte:

»Kommt her, ich habe noch etwas ganz Besonderes.«

Er öffnete eine Flasche Camus XO Intensely Aromatic Cognac, nahm drei Cognac-Schwenker aus dem Schrank und schenkte jedem etwas ins Glas.

»Jetzt kommt unser Ritual«, Wolfgang liebte es stilvoll.

Alle nahmen ihre Schwenker in die Hand, um den Cognac leicht zu erwärmen. Das dauert immer ein paar Minuten, denn so werden die Aromen freigesetzt. Danach erfolgt das, was Kenner ‚Nosing' nennen. Alle rochen an den Gläsern. Wenn man die Augen dabei schließt, wird das Bouquet noch besser wahrgenommen. Danach schwenkten alle ihre Gläser leicht und entlocken dadurch dem Cognac noch mehr aromatische Nuancen. Wenn man jetzt erneut riecht, nimmt man neue, andere Duftnoten war.

Den nächsten Schritt hatte Manuel vor Jahren zusätzlich eingeführt. Alle ergriffen ihre Gläser am unteren Bodenrand. Wenn man jetzt miteinander anstößt, klingt der Gong, den man von guten Cognac-Schwenkern hört, besonders schön.

Wolfgang nannte das damals: ‚Wir machen den Glöckner'. Und jetzt wird der Cognac wirklich gekostet. Ein winziger Schluck wird über die Zunge gerollt und im Mundraum verteilt. Nur so kann man die vielen Geschmacksnoten wirklich erfahren.

Dieses Ritual praktizierten sie seit Jahren. Es hatte etwas sehr Feierliches, wenn man den Swinger bei ihrem Cognac-Ritual zusah.

Bevor sie ihre Gläser Schluck für Schluck langsam leeren konnten, klingelte es an der Tür des Penthauses.

»Die Bullen!«, kommentierte Wolfgang etwas von oben herab.

Manuel ging zur Tür, schaute durch den Spion und erkannte die beiden Polizisten.

Er öffnete die Tür, bat Helga und Markus ins Wohnzimmer und sagte: »Pünktlich, wie die Maurer.«

Markus widersprach: »Bei uns heißt das, pünktlich, wie die Polizei. Wir sind nämlich immer pünktlich.«

»Nur nicht, wenn man die Polizei wirklich einmal benötigt.«

Wolfgangs spöttischer Kommentar wurde von Markus sofort aufgenommen und der fragte:

»Wann haben sie uns einmal gebraucht und wir sind nicht gekommen?«

»Erstens habe ich nicht sie persönlich gemeint und zweitens sollte es ein Scherz von mir sein.«

»So habe ich das auch verstanden, innerlich lache ich immer noch.«

Helga hatte sich inzwischen umgeschaut und die noch halb gefüllten Cognac-Gläser entdeckt.

»Ich sehe, sie wollten unser Zusammentreffen stilvoll einleiten.«

Kai ergriff das Wort und fragte: »Möchten sie auch einen Cognac?«

»Die Polizei wird jetzt sicher antworten: ‚Nein, wir sind im Dienst'«, Wolfgang spottete schon wieder.

»Ich glaube, sie sehen zu viele Krimis, da kommt dieser Spruch zwar vor, aber wissen Sie, was, ich nehme einen.«

Markus hatte die drei Männer jetzt im Griff, denn das hatten sie nicht erwartet.

Wolfgang goss ihm einen Cognac ein und fragte Helga: »Möchten sie auch einen?«

»Nein danke. Aber wenn es möglich ist, hätte ich gern ein Glas Wasser.«

Kai organisierte ein mit Wasser gefülltes Glas und reichte es Helga. Helga war etwas erstaunt, da sie wusste, dass Markus normalerweise keinen Alkohol trank, aber sie war sehr gespannt und wartete, wie die Situation sich weiterentwickeln würde.

Wolfgang beobachtete Markus genau und sah, dass der seinen Cognac nach allen Regeln der Kunst behandelte und schließlich einen kleinen Schluck davon nahm.

Markus hatte wahrgenommen, dass er offensichtlich geprüft werden sollte und fragte dann spöttisch: »Habe ich ihren Test bestanden?«

Helga war stolz auf ihren Kollegen, Markus hatte sich offensichtlich die Achtung der Penthaus-Clique erworben und bevor weitere Worte zu dem Thema gewechselt werden konnten, nahm sie das Heft in die Hand.

»Ich habe ihre Namen zu Beginn nicht richtig verstanden, deshalb erfahren sie jetzt zunächst einmal unsere. Ich bin Helga Weilburger und mein Kollege heißt Markus Niemand. Wir kommen von der Kripo der Polizeiinspektion Aurich/Wittmund. Unsere Aufgabe ist es, den Anschlag auf ihren Freund aufzuklären. Jetzt hätte ich gern auch ihre Namen und bitte auch ihre Ausweise, das wäre wichtig.«

Die drei standen auf, verschwanden in ihren Zimmern und kamen unmittelbar darauf mit den Dokumenten zurück.

Alle stellten sich vor und sollten kurz berichten, was sie beruflich tun. Helga notierte alle Angaben in einem Notizbuch und glich die Daten mit den Ausweisen ab.

»Ich fasse noch einmal zusammen. Sie sind Professor Wolfgang Plaumann, Chef einer Klinik in Meerbusch, sie sind Kai Sageball, Gastronom aus Düsseldorf und sie sind Manuel Wallmann, Inhaber eines Friseur …«

»Coiffeur-Salons«, unterbrach Wolfgang, den Redefluss von Helga. Diese schwieg zunächst und blickte nur zornig auf Wolfgang. Der wollte gerade mit seinem Witz ‚Unterschied Friseur/Coiffeur' aufwarten, schwieg jetzt aber doch lieber.

Helga fuhr fort: »Herr Wallmann, sie sind Inhaber eines Coiffeur-Salons, ebenfalls in Düsseldorf.«

Manuel nickte und Helga ergänzte:

»Dann hätten wir noch den Herrn Walter Dachhauser, der angeschossen wurde und im Krankenhaus liegt. Was ist der von Beruf?«

»Der ist **selbstständiger** Unternehmensberater, er hat sein Büro ebenfalls in Düsseldorf«, ergänzte Kai die Ausführungen.

»Das ist also ihre Gruppe, vier Herren. Sind das alle?«, wollte Helga wissen.

»Einer fehlt noch«, meldete sich Manuel zu Wort, »unser Freund Günther Kallenbach, der ist Rechtsanwalt, ebenfalls Düsseldorf.«

Wolfgang war sauer, dass Manuel den Günther ins Gespräch brachte, schluckte aber seinen Ärger herunter und schwieg.

»Wo ist der Herr Kallenbach jetzt, ist er nicht hier auf Juist?«

Zunächst schwiegen alle, dann antwortete Wolfgang:

»Er ist nicht da, oder besser, noch nicht da, er wollte individuell anreisen, wir haben aber noch nichts von ihm gehört.«

»Er ist noch nicht da? Sind sie sicher?«

Wolfgang bestätigte das sofort: »Ganz sicher. Wir machen uns auch schon Sorgen.«

»Kann er derjenige gewesen sein, der auf Herrn Dachhauser geschossen hat?«, Markus hatte zugehört und war etwas skeptisch.

»Auf keinen Fall«, Wolfgang konnte nicht ausreden, weil Manuel ihm ins Wort fiel:

»Nein, nein, nein, wie können sie bloß den Günther verdächtigen?«

Der sonst so zurückhaltende Manuel war außer sich.

»Nun gut«, meinte Helga, »wenn er kommt, wollen wir ihn auch unbedingt sprechen.«

»Ich habe noch eine Nachricht für sie. Ihr Freund Walter liegt immer noch im Koma, wir müssen abwarten. Sein Zustand ist noch immer sehr ernst.«

Markus wandte sich an Wolfgang und fragte:

»Sie waren heute schon in Düsseldorf?«

Wolfgang wusste genau, was Markus meinte und antwortete wahrheitsgetreu: »Nein, ich war nicht in Düsseldorf.«

»Wo sind sie hingeflogen heute Morgen?«

»Nach Essen/Mülheim, in Düsseldorf konnte ich nicht landen.«

Markus war etwas genervt und sagte sehr energisch:

»Meine Herren, ich möchte mit ihnen ein paar Dinge klären. Wir sind nicht zum Vergnügen hier. Es ist besser für sie und für uns, wenn wir offen und ehrlich miteinander umgehen. Bitte lassen Sie Spielchen jeglicher Art. Helfen Sie bitte mit, dass der Mordversuch an ihrem Freund aufgeklärt werden kann. Das ist hier kein offizielles Verhör, das ist ein ganz einfaches Gespräch, aus dem wir Erkenntnisse gewinnen wollen. Je mehr sie uns helfen, desto eher sind sie uns wieder los. Ich schlage vor, wir beginnen noch einmal von vorn.«

Einen Augenblick lang herrschte Schweigen, aber Markus schien die richtigen Worte gefunden zu haben. Markus startete dann wieder mit seinen Fragen:

»Was war der Grund, dass sie heute nach Essen geflogen sind?«

»Durch das, was mit unserem Freund passiert ist, waren wir alle sehr mitgenommen und besonders unsere Frauen hatten panische Angst. Daher hielten wir es für das Beste, die Frauen nach Hause zu fliegen. Das war auch deren Wunsch.«

»Und warum sind sie wieder zurückgekommen?«

»Weil wir sicher waren, dass wir der Polizei noch zur Verfügung stehen müssten. Ihr Kollege von der Polizeistation hat uns etwas in dieser Richtung gesagt, als er nach der Tat hier bei uns war.«

Helga schaltete sich ein:

»Wem gehört hier dieses Penthaus? Herr Professor Plaumann, sind sie der Eigentümer?«

Wolfgang bestätigte das und erklärte:

»Ich habe das Penthaus vor ein paar Jahren gekauft. Mir gefiel es hervorragend auf Juist und da ich ein Flugzeug besitze, war der Plan, dass meine Freunde und ich, wir sind alle Golfspieler, hier mehr oder weniger regelmäßig Urlaub machen. Von hier aus wollten wir unterschiedliche Golfplätze in Ostfriesland, aber auch in Holland anfliegen, um dort unserer Leidenschaft zu frönen. Übrigens, es reicht, wenn sie mich mit Plaumann anreden. Meine Titel, den Professor und den Doktor können sie ruhig weglassen.«

»Apropos Leidenschaft, die Frauen, die sie heute zurückgeflogen haben, waren das ihre eigenen Frauen?«

Manuel versuchte die Situation zu retten und formulierte das Thema um: »Das waren nicht nur Frauen, da war auch ein Mann dabei. Sie müssen wissen, ich bin nämlich homosexuell.«

»Dann ändere ich meine Frage. Waren das alles ihre angetrauten Ehepartner, die hier waren und zurückgeflogen wurden?«

Wolfgang preschte nach vorn: »Nein, wir hatten dieses Mal auch Freundinnen dabei, genauer gesagt der Manuel Wallmann war mit einem Freund hier.«

»Also alle Frauen, waren nicht Ehefrauen von ihnen und der Mann war auch nicht mit Herrn Wallmann verheiratet?«

Wolfgang bestätigte die Aussage von Markus. Und der bohrte nach:

»Aber sie sind doch alle verheiratet. Herr Wallmann ebenso?«

Wieder stimmte Wolfgang zu.

Helga wollte wissen:

»Gehe ich recht in der Annahme, dass ihre Angetrauten nichts davon wissen dürfen?«

»Ja, das ist so« Wolfgang wirkte sehr zerknirscht, »Es wäre schön, wenn sie das für sich behalten würden. Wir haben alle keinen Bock darauf, unsere Ehen scheitern zu sehen.«

»Glauben sie nicht, wenn sie so etwas veranstalten wie das hier, dass ihre Ehen längst schon gescheitert sind?«

Helgas Argument wirkte wie ein Faustschlag in die Magengrube.

Wolfgang fühlte sich auch getroffen und antwortete:

»Sollen wir hier jetzt Nachhilfeunterricht in Sachen Moral erhalten?«

»Nein«, Markus übernahm wieder die Gesprächsleitung, »ihr Sexleben geht uns nichts an, solange es nicht mit der Straftat im Zusammenhang steht, um die es hier geht.«

»Wie oft kommt eigentlich der junge Mann an die Tür hier bei ihnen und bettelt um Geld?«

Manuel wurde kreidebleich, von seiner Ausrede hatte er den Freunden nichts erzählt.

»Was für ein junger Mann? Und wieso bettelt hier jemand, was meinen sie damit?«

Markus drehte sich zu Manuel um: »Das haben sie uns doch heute Vormittag erklärt, darum waren sie doch so aufgebracht, als wir klingelten.«

Manuel beeilte sich zu erklären: »Da war drei- oder viermal so ein junger Typ an der Tür, heute Morgen sogar zweimal und fragte immer, ob ich ihm ein paar Euro geben würde. War der bei dir Kai oder bei dir Wolfgang schon einmal und hat gebettelt?«

Wolfgang wusste nicht so recht, was er antworten sollte, ohne etwas Falsches zu sagen. Also bestritt er, den jungen Bettler schon einmal erlebt zu haben.

Helga wandte sich wieder an Wolfgang:

»Herr Plaumann, gestatten Sie uns bitte, die Wohnung, ich meine das Penthaus einmal anzusehen. Wir wollen uns nur einen Eindruck verschaffen, um uns vorstellen zu können, was hier passiert ist. Wir haben noch keinen Durchsuchungsbeschluss, wenn, dann könnten sie freiwillig einer Besichtigung zustimmen.«

»Selbstverständlich können sie hier alles sehen. Wir haben nichts zu verbergen. Wir wissen, dass sie hier nur ihren Job machen müssen und wollen sie dabei natürlich unterstützen. Kommen sie nur, ich zeige ihnen alles.«

»Herr Wallmann, Herr Sageball, bitte, sie sollten auch dabei sein.«

Wolfgang fiel noch etwas ein: »Es könnte sein, dass nach der Abreise heute Morgen noch nicht alle Betten gemacht sind. Bitte sehen Sie darüber hinweg.«

Markus beruhigte ihn.

»Das kann bei mir oder bei Frau Weilburger auch passieren, wir wissen, wie ein ungemachtes Bett aussieht.«

Sie gingen gemeinsam los und schauten in alle vier Zimmer hinein. Alle Zimmer sahen top aus und die Betten waren gemacht. Nur das Zimmer von Walter war noch versiegelt.

»Sie sagten doch, die Betten wären noch nicht gemacht. Sie sind es aber. Was ist passiert?« Helga schaute neugierig von einem zum anderen.

»Ich habe die Zeit genutzt, als die anderen mit dem Flieger unterwegs waren und habe hier klar Schiff gemacht«, meldete sich Manuel zu Wort.

Als sie weitergehen wollten, entdeckte Helga einen Papierkorb, in dem ein zerknüllter, gelber Zettel lag. Sie nahm den Papierknäuel auf und glättete ihn. Auf dem Zettel standen die Worte: ‚Vögeln ist okay, aber bitte nicht so laut!'

»Kennt jemand von ihnen den Zettel? Wissen sie, wer ihn geschrieben hat und was er bedeuten soll?«

Nachdem alle Befragten geschwiegen hatten, erklärte Helga:

»Das Penthaus wird doch von einer Verwaltungsfirma betreut und die reinigen ihre Objekte immer, wenn Gäste wieder ausziehen. Also kann der Zettel nur von ihnen hier stammen. Wir können den Zettel gern untersuchen. Wir werden Fingerabdrücke nehmen, wir können eine Schriftanalyse durchführen. Den Verfasser bekommen wir schon heraus. Also, bitte sagen Sie uns einfach, wer den Zettel schrieb.«

»Ich habe den Zettel geschrieben«, bekannte sich Kai zu dem Papier, »es sollte ein Scherz sein. Ich ging heute Nacht am Zimmer von Walter und Helene vorbei und hörte, wie Helene sehr laute Geräusche von sich gab. Dann schrieb ich das Post-it und habe es an die Tür gehängt. Helene regte sich sehr darüber auf, aber sie verstand offensichtlich keinen Spaß.«

»Helene, die Freundin von Walter, ist sie mit den anderen Frauen wieder zurückgeflogen?«

Wolfgang schaltete sich ein: »Nein, sie wollte nicht mitfliegen. Ich denke, sie ist mit der Fähre zurück und dann wieder heimgefahren, wie auch immer.«

Markus sagte: »Herr Plaumann, bitte besorgen Sie uns alle Adressen und die Telefonnummern von ihnen und ihren Ehepartnern und von den Frauen, die hier waren und die Anschrift von ihrem Freund, Herr Wallmann, die hätten wir auch sehr gern. Wahrscheinlich müssen wir mit allen reden.«

Markus erklärte, es könne sein, dass hier die Spurensicherung noch einmal aktiv werden müsse, das würde sich aber in den nächsten Tagen klären.

Helga und Markus gingen hinaus auf die Terrasse, die das ganze Penthaus umrundete und bewunderten die herrliche Aussicht. Die anderen waren ihnen gefolgt.

»Jetzt fehlt uns nur noch die Küche, dürfen wir die auch noch mal sehen?«

Sie standen in der Küche und blickten sich um.

»Wohin führt diese Tür dort?«, wollte Helga wissen.

»Das ist unser Abstellraum, da steht Putzzeug drin, Staubsauger und so weiter«, erklärte Kai.

»Und unsere Tiefkühltruhe«, ergänzte Wolfgang.

»Dürfen wir da auch rein?«, fragte Helga und ohne eine Antwort abzuwarten, hatte sie die Tür weit geöffnet.

»Eine solche, ähnliche Gefriertruhe habe ich auch zu Hause. Ihre hier ist sicher bis an den Rand gefüllt«, vermutete Helga, ging auf die Truhe zu und öffnete den Deckel.

Helenes Pläne

Helene war keineswegs mit der Fähre nach Norddeich gefahren. Sie hatte zunächst einen Platz in der Schirmbar der Hohen Düne gefunden, saß dort mit ihrer Reisetasche, bestellte sich einen kühlen Drink und nahm einen kleinen Imbiss zu sich. Mit Hilfe ihres Handys suchte sie ein Zimmer und fand eines in der Friesenstraße in unmittelbarer Nähe zum Frischemarkt. Sie marschierte dorthin und fand Gefallen an der kleinen Wohnung und leistete eine Anzahlung für sieben Nächte, mit Option auf eine Verlängerung. Sie bekam ihren Zimmerschlüssel und ging danach in Richtung Strand weiter und entdeckte dann die Aussichtsplattform an der Strandpromenade. Das gefiel ihr, bei herrlichem Sonnenschein und einem lauen Windchen auf einer Bank zu sitzen und auf die Nordsee zu schauen. Hier hatte sie Zeit und Muße und sie konnte über ihre nächsten Schritte nachdenken. Ihre Mission war noch nicht zu Ende.

Sie öffnete ihre Handtasche und entnahm den zusammengefalteten Ausriss einer Zeitung. Erneut las sie den Artikel, der inzwischen schon mehr als fünf Jahre alt war, und dessen Text sie fast auswendig kannte:

Brutaler Überfall auf den Chefarzt einer Klinik aus Meerbusch.

Am Dienstag wurde der Klinikchef Prof. Dr. P. in seinem Büro attackiert und schwer verletzt. Seine Sekretärin, die zum Zeitpunkt des Angriffs mit im Zimmer war, blieb unverletzt.

Mittlerweile scheint festzustehen: Die Täter wollten Vergeltung für eine Patientin des Arztes üben. Die beiden Männer warfen dem Mediziner nach Polizeiangaben vor, die Frau nach einer Darmkeim-Infektion, falsch behandelt zu haben.

Die Täter drangen demnach in das Zimmer des Arztes ein und attackierten ihn mit Baseballschlägern. Dabei erlitt der Klinikdirektor schwere Verletzungen, Prellungen, einen gebrochenen Arm und Platzwunden. Die Täter konnten beim Verlassen der Klinik von der Polizei festgenommen werden.

Mit Wehmut dachte Helene an ihre Schwester Alice. Sie war es, die vor mehr als fünf Jahren in der Klinik in Meerbusch verstarb. Nachdem ihre beiden Brüder versucht hatten, dem Herrn Professor Plaumann seinerzeit einen Denkzettel zu verpassen, erhielten beide mehrjährige Haftstrafen. Helenes älterer Bruder wurde zu sechs Jahren und vier Monaten und der jüngere Bruder Kurt zu vier Jahren Haft verurteilt.

Helene hatte nach dem Urteil ihre Brüder mehrmals im Gefängnis besucht und Rache geschworen. Ihr Hass auf den Plaumann saß tief. Der Herr Professor sollte büßen.

Sie hatten einen Plan geschmiedet und versucht, an den Chefarzt heranzukommen. Als sie herausfand, dass Plaumann Golfspieler war, wurde sie Mitglied im Golfpark Meerbusch, erlernte das Golfspiel und erwarb die Platzreife. Damit hatte sie die Voraussetzung geschaffen, dem

Plaumann näherzukommen. Sie entdeckte die Clique um ihn herum und dass die sich ‚Swinger' nannten.

Helene gelang es eines Tages, mit Walter Dachhauser eine Runde Golf zu spielen und kam dadurch in Kontakt zu ihm. Sie nutzte ihre weiblichen Vorzüge und schmiss sich an Walter heran. Es war ein Leichtes, ihn ins Bett zu bekommen und sich damit Zutritt zu dieser Swinger-Clique zu verschaffen.

Als sie erfuhr, dass in diesem Jahr wieder eine Woche Urlaub auf Juist geplant wurde und Walter sie dazu einlud, schien sie am Ziel zu sein. Plaumann war auf Juist auch dabei, so, dass sie eine Chance sah, ihre Rachepläne zu verwirklichen. Plaumann sollte so qualvoll sterben, wie ihre Schwester vor zwei Jahren sterben musste. Der Mediziner Plaumann war der Schuldige, denn er war der behandelnde Arzt. Die Darmkeim-Infektion, die durch das Bakterium EHEC verursacht wurde, hatte der Arzt offensichtlich falsch behandelt.

Helene stimmte mit ihrem jüngeren Bruder Kurt den Plan ab, denn der war seit drei Monaten wegen guter Führung aus dem Gefängnis entlassen worden. Der Hass auf Plaumann war nach wie vor sehr groß, und Kurt wollte Helene unbedingt unterstützen und fuhr deshalb ebenfalls nach Juist. Er war mit dem Auto angereist und Helene wollte mit ihm später wieder zurück nach Düsseldorf fahren.

Sie musste sich unbedingt mit Kurt in Verbindung setzen, denn die Ereignisse der letzten Stunden erforderten einen neuen Plan. Doch am Telefon konnte sie ihn bisher noch nicht erreichen. Hoffentlich änderte sich das bald.

Wer lügt hier?

»Da haben sie aber nicht viel drin, in ihrer Gefriertruhe, ein paar Bratwürste und einige Steaks. Sie wollten doch ursprünglich acht oder zehn Leute hier sein. Nun gut, jetzt sind sie nur noch zu dritt, für sie reicht es aus.«

»Wir haben unsere Einkäufe auch noch nicht abgeschlossen.«

Manuel wunderte sich über sich selbst, dass er in dieser Situation, so spontan reagieren konnte.

Helga schloss den Deckel der Gefriertruhe wieder und alle gingen zurück ins Wohnzimmer.

Wolfgang und Kai waren immer noch geschockt und wussten nicht, was hier passiert war.

»Ich habe noch ein paar Fragen, vielleicht können wir uns noch einmal setzen.«

Alle nahmen die Plätze ein, die sie am Anfang schon innehatten. Dann startete Markus mit der ersten Frage:

»Als Walter das Haus verließ, wo wollte er hin, was hatte er vor?«

»Er wollte etwas einkaufen, aber was das war, das kann ich nicht sagen. Davon hat er auch nichts gesagt.«

»Ich kann mir das nicht vorstellen«, hakte Markus nach, »wenn ich mit Freunden unterwegs bin und ich will, wenn auch nur für ein paar Minuten, etwas allein unternehmen, dann sage ich das den anderen. Was hat Walter gesagt, warum ging er fort?«

»Ich habe nichts gehört, was er sagte«, erklärte Manuel.

»Er hat also etwas gesagt, aber sie haben es nicht gehört. Wer hat etwas gehört? Was ist mit ihnen, Herr Sageball? Was haben sie gehört?«

»Ich glaube, es war etwas Privates«, Kai log, was das Zeug hielt und ärgerte sich, dass er nicht besser seine Klappe gehalten hatte.

»Warum sagen sie nicht die Wahrheit? Ich bin sicher, sie lügen uns an.«

Wolfgang versuchte, sich zu wehren:

»Wie kommen sie darauf? Warum sollten wir lügen?«

»Der Junge, der hier angeblich immer bettelt«, Markus drehte sich zu Manuel herum, »trug der eine Jeans mit einem grauen T-Shirt und hatte einen Adler vorn auf der Brust? War das der Typ, den sie erwarteten, aber wir standen vor der Tür? Los, reden sie schon!«

Manuel hielt dem Druck nicht länger stand und fing an zu weinen.

Wolfgang wurde sauer: »Sehen sie denn nicht, wie das Ganze uns mitnimmt? Wir haben noch nie erlebt, dass auf uns oder unsere Freunde geschossen wird, zum Glück nicht. Wenn ein enger Freund von Ihnen schwer verletzt wird und um sein Leben ringt, ich wette, dann sind sie auch nicht mehr so cool, wie sie jetzt tun. Bitte quälen Sie uns nicht mit ihren unsinnigen Fragen.«

»Unsere Fragen haben alle einen Sinn. Unsinnig ist, wenn sie uns nicht die Wahrheit sagen. Wir machen folgendes, mein Kollege und ich, wir gehen jetzt und lassen ihnen Zeit zum Nachdenken. Morgen sprechen wir uns wieder. Wir geben ihnen noch Bescheid, ob wir hier zu ihnen ins Penthaus oder sie bitten, in die Polizeistation zu kommen. Bitte einigen Sie sich darauf, morgen die Wahrheit zu sagen. Noch etwas, bitte verlassen Sie die Insel nicht, bevor wir Ihnen das erlauben.«

»Herr Niemand, wir sind ja zum Golfspielen hergekommen. Es ist doch nichts dagegen einzuwenden, wenn wir tagsüber zu einem Golfplatz fliegen und abends wieder zurück sind. Geht das in Ordnung?«

»Nur unter folgender Bedingung. Bevor Sie wegfliegen wollen, informieren Sie uns bitte. Es könnte dann allerdings passieren, dass wir ihnen das Wegfliegen kurzerhand untersagen, weil wir wichtige Fragen an sie haben. Da wir gerne Bescheid wissen, wann sie sich hier auf Juist befinden, informieren Sie uns bitte auch, wenn sie wieder zurück sind vom Golfspielen. Können wir uns darauf verlassen?«

Die drei Swinger nickten und stimmten der Regelung zu.

»Also, auf Wiedersehen.«

Markus und Helga verabschiedeten sich und verließen das Penthaus.

Was machen wir mit Günther?

Kaum hatten die beiden Polizisten das Penthaus verlassen, ergriff Wolfgang das Wort:

»Manuel, danke, du hast uns gerettet. Erst einmal danke, dass du überall die Betten gemacht und dann, dass du die Lebensmittel aus dem Kühlschrank zurück in die Truhe gepackt hast. Dadurch konnten die Polizisten den Günther nicht finden.«

»Das hat mich viel Überwindung und Kraft gekostet, das könnt ihr mir glauben.«

Aber Wolfgang hatte noch mehr zu sagen:

»Wir müssen den Günther wegschaffen. Aus zwei Gründen, erstens war jemand hier, der den Günther in der Truhe entdeckt hat und uns jetzt erpresst und zweitens, die Polizei weiß jetzt immer, wenn wir mit dem Flugzeug unterwegs sind. Das heißt, wir müssen hoffen, dass das Auffinden von Günthers Leiche nicht in Zusammenhang mit einem Flug von uns gebracht werden kann. Was haltet ihr davon, wenn wir Günther schnellstens zum Flugplatz transportieren und erst einmal im Frachtraum des Flugzeugs verstecken und dann am nächsten Morgen zum Golfspielen fliegen und dabei Günther ins Meer werfen?«

Einige Momente herrschte Sprachlosigkeit. Dann erkundigte sich Kai etwas skeptisch:

»Die Leiche im Frachtraum des Flugzeugs, du spinnst wohl. Wie lange soll die sich denn da im Frachtraum halten? Die verwest doch und es stinkt am gesamten Flugplatz danach.«

Sofort fing Manuel wieder an zu weinen:

»Günther, oh Günther, das hast du alles nicht verdient.«
Wolfgang unterbrach das Gejammer und brüllte Kai an:
»Wer hier spinnt, bist du. Wenn du von nichts eine Ahnung hast, dann halt verdammt noch mal deine dämliche Klappe. Denkt daran, Günther ist im Moment noch tiefgefroren. Wenn wir ihn aus der Truhe nehmen, dauert es mindestens 24 Stunden, bis er wieder aufgetaut ist. Danach beginnt erst der Prozess der Autolyse. Also erst dann fängt die Verwesung an und das dauert noch einmal circa 48 Stunden. Das bedeutet, wir haben noch mindestens drei Tage Zeit, nachdem wir Günther aus der Truhe geholt haben. Ich bin sicher, die Polizei kann uns hier nicht drei Tage auf Juist festhalten, ohne, dass wir mit dem Flugzeug zum Golfspielen fliegen können. Habt ihr das jetzt kapiert?«

Kai war sichtlich zerknirscht und entschuldigte sich bei Wolfgang. Nur Manuel war kurz davor, zusammenzubrechen.

»Und wie bringen wir den Leichnam zum Flugplatz?«, fragte er.

»Da müssen wir eine Lösung finden. Mit der Pferdekutsche ist das schlecht. Wir können Günther doch nicht wie einen Golfsack packen. Wir benötigen eine andere Transportmöglichkeit.«

Plötzlich hatte Kai eine Idee:
»Unten am Hafen stehen doch Hunderte Transportkarren für die Gäste, die mit dem Schiff kommen. Jede Unterkunft hier auf Juist hat dort mehrere Karren zur freien Verwendung für die Gäste. Ich schlage vor, wir holen uns

dort einen Karren und laden den Günther als Golfsack verpackt darauf und schieben ihn Richtung Flugplatz.«

»Ich habe einen anderen Vorschlag. Was haltet ihr davon, wenn wir Günther einfach in einen Teppich einrollen und den zum Flugplatz bringen, das ist nicht so auffällig?«

»Manuel, das ist eine gute Idee«, Wolfgang stimmte sofort zu, »genauso machen wir das. Am besten machen wir das sofort, es wird bald dunkel und das ist doch günstig.«

Manuel und Kai stimmten umgehend zu.

»Ich gehe zum Hafen und hole einen Karren.«

Kai machte sich unverzüglich auf den Weg und verließ das Penthaus. Eine Minute später war er wieder zurück und rief: »Solch ein Mist, der Fahrstuhl geht nicht. Der ist wohl kaputt. Wir müssen Günther anders runterbringen. Ich wollte euch nur Bescheid sagen. Bereitet schon alles vor. Ich marschiere jetzt los und hole den Karren.«

Kai verschwand und Wolfgang und Manuel räumten aus der Tiefkühltruhe die Lebensmittel raus, unter denen Günther versteckt lag. Dann kam Manuel mit dem Teppich an, der im Flur lag.

»Das ist doch ein Läufer, der ist doch viel zu schmal, da schaut Günther ja oben und unten raus. Nimm den Teppich, der im Wohnzimmer liegt, der müsste passen.«

Manuel nahm den Läufer mit und legte ihn wieder in den Flur. Dann räumte er den Sessel und den Couchtisch, die im Wohnzimmer auf dem Teppich standen, zur Seite. Den Teppich rollte er ein und schleppte ihn in die Küche.

»Ich schlage vor«, meinte Manuel, »dass wir Günther vorher noch in ein Tuch einpacken, bevor wir ihn in den Teppich wickeln.«

»Machen wir«, Wolfgang war sofort einverstanden, »aber ich denke, dass zwei große Müllsäcke noch besser sind als ein Bettlaken. Ein Müllsack von unten über die Beine, der andere von oben über den Kopf.«

Manuel ging an die Schublade des Küchenschranks und holte eine Rolle mit Kunststoffmüllsäcken heraus und trennte zwei Stück ab.

»Komm, hilf mir, den Günther aus der Truhe zu holen, das schaffe ich nicht allein.«

Wolfgang hatte es probiert, aber der tiefgefrorene Leichnam war zu schwer. Mit vereinten Kräften schafften sie es und legten Günther auf den ausgerollten Teppich. Über seinen Körper zogen sie, wie vorgesehen, die zwei Müllsäcke.

»Sieht doch gar nicht so schlecht aus«, kommentierte Wolfgang.

Manuel schob den Leichnam an den Rand des Teppichs und gemeinsam rollten sie den Günther in den Teppich ein.

»Wie bringen wir den Günther denn jetzt nach unten, nachdem der Lift nicht geht? Tragen wir ihn durchs Treppenhaus?«, Manuel war nicht sonderlich versiert in den einfachen Fragen des Lebens.

»Im Treppenhaus ist es eng und schmal. Die Möbel sind seinerzeit auch mit einem Möbelaufzug von außen ins Penthaus gebracht worden. Vielleicht können wir Günther einfach von der Terrasse herunterlassen, mit einem Seil oder so?«

»Ich schaue mal, ob ich ein Seil finde«, Manuel machte sich sofort auf die Suche, fand aber nichts Passendes.

»Hier, schau mal«, Wolfgang hatte im Abstellraum, im Putzschrank, eine Kunststoffkordel gefunden, »hoffentlich ist die lang genug.«

Sie schlangen die Kordel um den Teppich und verknoteten sie in der Mitte. Gemeinsam wuchteten sie den verpackten Günther auf die Terrasse und wollten ihn in der hintersten Ecke über das Geländer nach unten lassen, als Kai auf der Terrasse erschien.

»So, der Karren steht unten. Wollt ihr Günther hier herunterlassen? Ok, ich helfe euch.«

Zu dritt hielten sie das Ende der Kordel und nachdem sie Günther über das Geländer gehievt hatten, ließen sie ihn mit vereinten Kräften langsam herab.

»Halt, stopp«, rief Kai, »die Schnur ist doch viel zu kurz!«

Als Wolfgang über das Geländer blickte, sah er, dass Günther vor dem Fenster der Wohnung in der ersten Etage baumelte.

»Scheiße«, schimpfte Kai, »habt ihr kein Seil gefunden, das lang genug ist?«

»Wir müssen ihn wieder hochziehen, so geht das nicht!«, entschied Wolfgang.

Gemeinsam versuchten sie Günther wieder nach oben zu ziehen. Es war unglaublich schwer.

Plötzlich gab es einen Ruck, Wolfgang und Manuel landeten mit dem Hintern auf dem Boden der Terrasse, nur Kai konnte sich gerade noch auffangen.

»Was ist passiert?«, wollte Wolfgang wissen.

Sie schauten über das Geländer und sahen die Bescherung. Günther, umhüllt von den Müllsäcken, war aus dem gerollten Teppich gerutscht und lag auf dem Rasen vor dem Haus. Der zusammengerollte Teppich hing immer noch an der Kordel vor dem Fenster der ersten Etage.

Kai fluchte und Wolfgang sagte:

»Wir können Günther nicht so da liegen lassen. Wir müssen ihn neu verpacken. Aber nicht da unten auf dem Rasen. Da kann uns jemand sehen. Schnell runter, wir müssen ihn über die Treppen nach oben tragen.«

»Wieso Treppen? Wir können doch den Lift nehmen, der geht wieder. Ich bin gerade damit hochgekommen.«

»Wieso das? Ich denke, der war kaputt«, Wolfgang war etwas ungehalten.

Kai erklärte: »Als ich losging, entdeckte ich, dass der Lift in der zweiten Etage stand. Jemand hatte den Notschalter umgelegt. Ich habe ihn wieder angestellt und bin damit runtergefahren und gerade wieder rauf gekommen.«

»Du bist ein Idiot«, schimpfte Wolfgang, »warum sagst du denn nichts. Du Knallkopf hilfst auch noch dabei, den Günther abzuseilen. Das hätten wir doch einfacher haben können, verdammt noch mal!«

»Ich dachte, dass ihr euch das überlegt hättet, den Günther abzuseilen. Wenn ihr nicht in der Lage seid, ein vernünftiges Seil zu nehmen, dann ist das nicht meine Schuld!«, verteidigte sich Kai.

»Egal, wir müssen jetzt runter und Günther wieder hochholen!«, Wolfgang war immer noch sauer.

Zu dritt fuhren sie mit dem Lift nach unten und wollten zu der Stelle, an der sie den Leichnam vermuteten. Als sie um die Ecke bogen, erstarrten sie fast vor Schreck.

Der Hausmeister stand neben dem Müllsack-Paket und wollte es gerade hochheben.

»Hallo Herr Scholz«, rief Wolfgang, »das ist unser Paket, wir wollten es gerade nach oben bringen.«

Der Hausmeister antwortete: »Das ist ja ziemlich schwer und eiskalt, was haben sie denn da drin?«

Wolfgang hatte sich wieder gefangen:

»Wir haben uns eine halbe Schweinehälfte bestellt, die kommt in die Gefriertruhe. Der Lieferservice hat sie hier hingelegt, weil er dachte, dass wir das Paket von außen auf unsere Terrasse ziehen würden. Wir machen das schon, vielen Dank für Ihre Hilfe.«

Hausmeister Scholz hatte das Paket wieder zurückgelegt und meinte:

»Wenn sie das zubereiten, auf dem Grill, oder wie auch immer, können sie mir mal ein Stück runterbringen.«

»Herr Scholz, wenn wir das zubereiten, laden wir sie herzlich zum Essen ein. Auf unserer Terrasse natürlich.«

»Oh, danke, ich werde gerne kommen.«

Der Hausmeister verabschiedete sich und verschwand um die Hausecke.

»Los anpacken.«

Da Günther ca. 80 kg wog, war sein Leichnam nur schwer zu transportieren, daher zogen sie ihn über den Rasen, das war einfacher als tragen. Mit dem Fahrstuhl war das Paket schnell wieder hochgefahren. Als sie den Leichnam endlich wieder oben hatten und ihn auf der Terrasse ablegten, waren sie ziemlich erschöpft.

»Was haltet ihr davon, wenn wir Günther erst einmal wieder in die Truhe packen? Wir können ihn schließlich nicht mitten in der Nacht zum Flugplatz bringen. Das machen wir morgen früh, einverstanden?«

Kai und Manuel stimmten dem Vorschlag von Wolfgang zu.

»Zum Abschluss des Tages, trinken wir uns noch einen Cognac.«

Es wurde Zeit für ihr Cognac-Trink-Ritual.

Der Bruder

Helenes Handy klingelte. Es war ihr Bruder Kurt. Helene fragte ihn:

»Wo steckst du? Ich suche dich schon ein paar Tage. Wir wollten doch in Kontakt bleiben, komm her.«

»Wo bist du denn gerade?«, wollte Kurt wissen.

»Ich bin an der Aussichtsplattform an der Strandpromenade. Direkt am Kurhaus ist das. Da warte ich auf dich.«

»Es ist jetzt 18:30 Uhr, ich benötige ein paar Minuten, dann bin ich bei dir.«

Tatsächlich sah Helene, kurze Zeit später, wie ihr Bruder die Strandstraße hinaufgelaufen kam. Als er die Aussichtsplattform erreichte, fielen sie sich erst einmal in die Arme und nahmen dann so auf einer Bank Platz, dass kein anderer sich zu ihnen setzen konnte, denn es gab viel zu erzählen.

»Hier hast du zunächst erst einmal den Schlüssel zurück, den du mir gegeben hast.«

»Ja, das war der Schlüssel von dem Kerl, Walter hieß der, mit dem ich mich eingelassen hatte, um an den Plaumann heranzukommen. Stell dir vor, Kurt, der ist gestern beinahe erschossen worden. Er liegt jetzt schwer verletzt im Krankenhaus. Warst du das etwa?«

»Was ich? Bist du verrückt. Wann genau ist das gestern passiert?«

»Warst du das wirklich nicht? Du hast doch eine Pistole, oder?«

»Ja, na klar, habe ich eine Pistole, aber ich war das wirklich nicht. Wann ist es denn passiert?«

»Na, gestern, vormittags. Die Polizei war da, hat Walter ins Krankenhaus fliegen lassen, jetzt untersuchen sie den Fall und suchen nach dem Täter.«

Kurt grübelte: »Es gibt aber trotzdem eine Leiche.«

»Was?«, Helene fehlten die Worte, »wieso denn das? Wie kommst du darauf?«

»Halt dich fest, Schwesterherz. Mit dem Schlüssel von dir bin ich letzte Nacht in das Penthaus rein und habe da ein wenig geschnuppert. Dabei bin ich zufällig in die Küche und da war ein verschlossener Abstellraum. Ich habe ein paar Zimmerschlüssel probiert und siehe da, einer passte. Dann bin ich in den Abstellraum und da stand eine große Gefriertruhe. Neugierig, wie ich bin, habe ich die geöffnet. Und jetzt rate mal, was in der Gefriertruhe war ...«

Helene dachte nach, hatte aber keine Idee.

»Na, eine Leiche. Ein toter Mann. Ich habe mich sehr erschrocken, habe sogar vergessen, die Truhe wieder zu schließen. Als ich aus dem Penthaus rannte, habe ich noch eine große Vase umgerannt. Die fiel um und das machte großen Krach. Aber ich war erst mal weg. Solch eine Leiche findet man auch nicht alle Tage in einer Gefriertruhe.«

»Das muss der Günther sein. Der wurde nämlich vermisst. Den haben die Kerle in der Gefriertruhe versteckt«, sie dachte einen Moment nach, »jetzt wird mir einiges klar. Als wir anreisten, haben wir Frauen unten im Foyer warten müssen. Die Kerle wollten uns oben im Penthaus mit Champagner empfangen und dazu musste noch etwas vorbereitet werden. Plötzlich hieß es, etwas sei schiefgegangen. Angeblich ein Wasserschaden. Nachdem der behoben wurde, konnten wir wieder zurück. Ich bin mir sicher, da war kein Wasserschaden. Als die Männer ins Penthaus kamen, fanden sie ihren toten Freund Günther, haben dann die Leiche in die Gefriertruhe gelegt und als alles wieder sauber war, wurden wir zurückgeholt. Die Frage ist jetzt, wer hat Günther ermordet und warum wurde er in der Gefriertruhe versteckt? Und wer hat warum auf Walter geschossen? War das ein und dieselbe Person? Ich denke ja.«

»Pass auf, ich habe noch mehr zu erzählen. Ich bin heute Vormittag noch einmal ins Penthaus. Da war nur ein Typ da, so ein etwas ängstlicher Kerl. Den habe ich unter Druck gesetzt und habe 200.000 Euro gefordert, weil ich von der Leiche weiß.«

»Das ist der Hammer, damit haben wir den Plaumann in der Hand. Das ist die Lösung. Weißt du, was, wir erhöhen die Forderung. Die Kerle haben Kohle satt. Wir verlangen 400.000 Euro.«

Gespräch beim Abendessen

Helga und Markus hatten sich verabredet. Sie saßen auf der Strandpromenade in der Tapasbar Cafe del Mar.
»Bitte denk daran, wir sprechen über den Fall erst nach dem Essen.«
»Mein lieber Markus, ich kenne und achte deine Prinzipien. Also, was möchtest du essen?«
Markus nahm die Speisekarte und sagte: »Lass mich erst einmal auswählen. Zum Trinken möchte ich nur ein Mineralwasser, du weißt, ich trinke nur fast nie Alkohol.«
»Ich weiß, Alkohol akzeptierst du nur, um denen im Penthaus zu demonstrieren, dass du etwas vom Cognac-Trinken verstehst.«
Helga musste lachen, als sie an die Situation dachte.
Als der Kellner kam, bestellte sie sich ein Glas Vino Rosado und für Markus das Wasser. Beide entschieden sich dann für Tapas, die sie sich aussuchten und individuell zusammenstellten.
Sie genossen beide das Essen und die Getränke und dann eröffnete Markus das Gespräch:
»Mich interessiert, deine Sicht der Dinge. Erzähl, ich bin neugierig.«
»Für mich steht fest, etwas stimmt nicht. Offensichtlich gibt es ein Geheimnis, das wir noch nicht kennen. Ich weiß nicht, was es ist. Es scheint aber sehr bedeutsam zu sein, weil uns immer wieder Lügen aufgetischt werden. Zu dem Anschlag auf den Herrn Dachhauser, da haben wir ja zwei etwas unterschiedliche Zeugenaussagen. Der Herr Meersmann glaubt, einen Mann gesehen zu haben,

Frau Esken dagegen ist sich sicher, dass es eine Frau war. Ich neige dazu, der Frau Esken Glauben zu schenken. Ich kann es nicht näher erklären, ich habe das Gefühl, ihre Aussage ist richtig. Es gibt für mich einen Zusammenhang zu dieser Penthaus-Clique. Wer käme infrage?«

Markus hatte aufmerksam zugehört und fragte dann:

»Was ist mit dem Günther Kallenbach, der ist immer noch nicht aufgetaucht. Oder?«

»Ja, das ist auch eine solche ominöse Geschichte. Da müssen wir ebenfalls unbedingt nachhaken. Lass uns das Morgen mit den Herren klären.«

Samstag, 18.07. - Er ist wieder da

Günther lag wieder in der Truhe.

»Bevor wir nicht wissen, wie wir Günthers Leiche loswerden, müssen wir ihn in der Gefriertruhe lagern. Das ist das Beste.«

Wenn ein Mediziner so etwas sagt, muss ja etwas dran sein, dachte Kai, und stellte dann aber die Frage:

»Es bleibt doch dabei, dass wir ihn vom Flugzeug aus ins Meer werfen wollen. Oder?«

»Ich denke, wir müssen uns etwas anderes einfallen lassen«, Wolfgang war sehr nachdenklich, »nachdem uns die Polizei unter Kontrolle hat, wenn wir die Insel verlassen, brauchen wir eine neue Idee. Die Frage ist also, welchen anderen Weg gibt es, den Leichnam loszuwerden, ohne, dass ein Verdacht auf uns fällt?«

Kai ging im Wohnzimmer auf und ab und rief plötzlich: »Ich habe es!«

»Was schlägst du vor?«, wollte Manuel wissen.

»Unten am Fährhafen wird die Abreise der Gäste doch so gehandhabt, dass die Passagiere der Fähre ihr Gepäck in bereitgestellte Container laden. Wenn die Fähre losfährt, werden vorher alle Container an Bord der Fähre geladen. Bei Ankunft in Norddeich stehen dann die Container bereit und jeder nimmt sich sein Gepäck aus den Containern.«

»Ja und was machen wir mit Günther?«, Wolfgang hatte die Lösung noch nicht verstanden.

Kai strahlte: »Ist doch wohl klar, wir besorgen einen Koffer, packen Günther in den Koffer und bringen den dann kurz vor Abfahrt der Fähre runter zum Hafen und laden ihn dann in einen der Container. Vorher müssen wir dafür sorgen, dass keine Fingerabdrücke mehr auf der Leiche oder auf dem Koffer sind. Na, was haltet ihr von der Idee?«

»Oh Günther, oh Günther, was machen wir mit dir?«, Manuel war wieder mit den Nerven am Ende.

»Mir gefällt dein Vorschlag, das klingt richtig gut«, Wolfgang schien überzeugt.

»Wir brauchen allerdings einen größeren Koffer, denn Günther ist ja immer noch tiefgefroren. Da ist schon ein großer Koffer nötig.«

Wolfgang hatte eine Idee:

»Unten im Keller steht noch ein Garderobenkoffer. Von meiner Frau. So ein Wardorbe Case ist groß genug, da müsste Günther reinpassen.«

»Ich hole ihn«, verkündete Kai, schnappte sich den Kellerschlüssel und verschwand.

Wolfgang nutzte die Zeit und tröstete immer noch Manuel, der still vor sich hin weinte.

Es dauerte nicht lange, da kam Kai mit dem Garderobenkoffer zurück.

»Wo hast du denn das Prachtstück her?«, wollte Kai von Wolfgang wissen.

»Meine Frau ist bis vor zehn Jahren noch als Sängerin aufgetreten. In dem Koffer nahm sie ihre Kostüme mit, denn während ihrer Show wechselte sie ein paar Mal ihr Outfit.«

»Der hat ja sogar Rollen unten, dann brauchen wir den Karren nicht, den der Kai geholt hat.« Manuel hatte sich wieder etwas gefangen und versuchte mitzudenken.

»Es ist besser, wenn wir den Karren nehmen. Der lässt sich leichter lenken. Die Rollen des Koffers sind für solche Strecken nicht geeignet«, Kai war jetzt der Macher, es war ja schließlich sein Plan.

»Dann los, machen wir uns ans Werk.«

Wolfgang gab das Signal zum Handeln. Alle drei zogen sich Haushaltshandschuhe an, damit keine neuen Fingerabdrücke hinterlassen würden.

Manuel nahm den Koffer und legte ihn flach auf den Boden, weil er dachte, dass man Günther auf diesem Weg besser hineinbekommen würde.

Wolfgang und Kai wuchteten Günther aus der Truhe, der immer noch in den zwei Müllsäcken eingepackt war.

Wolfgang und Kai wischten den verpackten Günther von oben bis unten ab, um mögliche Fingerabdrücke verschwinden zu lassen und Manuel putzte den Koffer.

Vorsichtig legten sie Günther in den Garderobenkoffer. Er passte genau hinein.

»Wie abgemessen«, strahlte Wolfgang. Doch diese Bemerkung führte wieder dazu, dass Manuel anfing zu weinen.

Kai stellte sich mit seinen Füßen unten vor die Rollen des Koffers, nur so gelang es Wolfgang und Manuel den jetzt doch recht schweren Behälter aufzurichten.

So ließ sich der Garderobenkoffer aber einfach zum Lift schieben und als sie damit im Foyer unten ankamen, gelang es ihnen auch, den Koffer in den Karren zu verladen.

»Wir müssen jetzt darauf achten, dass wir von den Polizisten nicht gesehen werden. Sonst könnten die auf dumme Gedanken kommen. Wir sollten einen kleinen Umweg zum Hafen nehmen.«

Zu dritt zogen sie das Gefährt hinter sich her. Sie wechselten sich ab und immer einer ging voran, um möglichen Bekannten nicht zu begegnen.

Nach 20 Minuten erreichten sie endlich den Hafen.

»Hier stehen aber keine Container«, monierte Wolfgang.

»Die werden immer erst kurz vor der Abfahrt der nächsten Fähre bereitgestellt«, wusste Kai zu berichten.

»Und wann geht die nächste Fähre?«, Wolfgang war etwas ungeduldig.

»Moment, ich erkundige mich.«

Kai ging ins Fährgebäude hinein. Wolfgang, der sich umblickte, entdeckte außerhalb des Gebäudes eine Anzeigetafel, auf der die Zeiten ablesbar waren und wurde richtig wütend.

»Hat das keiner von euch gesehen? In drei Stunden geht die nächste Fähre erst. Müssen wir jetzt ewig herumstehen, nur weil ihr nicht in der Lage gewesen seid, die Abfahrtzeit der Fähre herauszubekommen? Verdammt noch mal, bin ich hier nur von Idioten umgeben, kann hier keiner mal mitdenken?«

Kai kam aus dem Hafengebäude und wirkte sehr zerknirscht: »Um 13:25 Uhr geht die nächste Fähre.«

»Ich weiß es längst, da oben steht es doch, wer lesen kann, ist klar im Vorteil. Was machen wir jetzt? Warten wir jetzt hier drei Stunden mit Günters Leiche? Solch eine Scheiße.«

Manuel fing wieder an zu weinen. Das führte dazu, dass Wolfgang sich wieder etwas beruhigte, fünf Minuten nichts sagte und nachdachte. Dann sagte er:

»Wir sollten uns wieder alle beruhigen. Tut mir leid, wenn ich vorhin ausgerastet bin, aber ich habe auch keine Erfahrung mit dem Verstecken von Leichen. Ich schlage vor, wir stellen den Garderobenkoffer jetzt hier ab und gehen ins Hafenrestaurant, vielleicht bekommen wir ja einen Tisch. In zwei Stunden sind wir wieder hier und wenn dann die Container kommen, verladen wir den Koffer und gehen zurück ins Penthaus. Seid ihr einverstanden?«

Manuel und Kai nickten.

»Gut, lass uns ins Hafenrestaurant gehen.«

Wolfgang marschierte voran und die beiden anderen folgten. Sie mussten noch etwas warten, da das Restaurant erst um 11 Uhr öffnete.

Während des Essens versuchten sie nicht über den Günther und die Probleme mit der Leiche zu reden. Als sie lecker gegessen und getrunken hatten, waren fast zwei Stunden vergangen. Sie bestellten sich noch jeder einen Kaffee und nachdem Wolfgang die Rechnung bezahlt hatte, verließen sie das Restaurant und gingen hinüber zum Hafengebäude. Frisia hatte inzwischen die Container für die nächste Überfahrt bereitgestellt.

Wolfgang, Kai und Manuel liefen um die Container herum und suchten ihren Garderobenkoffer. Er war nirgendwo zu sehen. Auch in den Containern war er nicht.

»Günther, wo bist du?«, Manuel suchte vergeblich nach seinem Freund.

»Der Garderobenkoffer hat doch Rollen, wahrscheinlich hat Frisia den schon an Bord gerollt. Ich kann mir nicht vorstellen, dass hier jemand auf Juist einen solchen Koffer stiehlt. Der ist garantiert schon auf der Fähre.«

Kai nickte und gab Wolfgang recht.

»Das glaube ich auch, wo soll der Koffer sonst sein. Komm, lass uns zurück zum Penthaus gehen.«

Ziemlich erleichtert, dass sie offensichtlich den Leichnam loswurden, machten sie sich auf den Rückweg und erreichten das Gebäude, auf dem sich das Penthaus befand.

Als sie im Foyer vor dem Lift warteten, rief eine Stimme: »Herr Professor Plaumann!«

Wolfgang drehte sich herum und entdeckte den Hausmeister, der in der anderen Ecke stand.

»Hallo Herr Scholz, was kann ich für sie tun?«

»In ihrer Abwesenheit wurde ein Koffer für sie angeliefert.«

»Was denn für ein Koffer?«, fragte Wolfgang. Böse Ahnungen stiegen in ihm auf.

»So ein großer Schrankkoffer, mit Rollen darunter. Den hätte jemand von ihnen am Hafen vergessen. Aber es steht ja ihre Adresse auf dem Koffer und außerdem, hier auf Juist wird nichts geklaut. Ich habe den Koffer mit dem Fahrstuhl nach oben gefahren. Er steht jetzt vor der Tür von ihrem Penthaus.«

Als die drei im Lift nach oben fuhren, sagte keiner ein Wort.

Polizei wieder im Penthaus

Markus und Helga machten sich auf den Weg, denn sie wollten unbedingt mit den drei Männern im Penthaus noch einmal reden.

Sie fuhren mit dem Lift nach oben und klingelten an der Eingangstür des Penthauses.

Kai öffnete ihnen die Tür.

»Bitte, kommen sie herein.«

Wieder saßen alle im Wohnzimmer zusammen und Markus übernahm die Initiative:

»So meine Herren, alles okay bei ihnen?«

Wolfgang fühlte sich gar nicht ok. Er war völlig am Ende. Die Tatsache, dass sie nicht in der Lage waren, Günthers Leichnam loszuwerden, machte ihn völlig fertig. Deshalb antwortete er auch ganz ehrlich:

»Nein, gar nichts ist ok. Ein Freund von uns wurde angeschossen und wir haben auch Angst. Am liebsten würden wir sofort abreisen. Für uns ist ein solches Erlebnis nicht so leicht zu verkraften.«

»Also gut, starten wir noch einmal von vorn. Was ist hier los bei ihnen? Wer möchte etwas dazu sagen?«

Nach kurzem Schweigen ergriff Manuel die Initiative:

»Wir werden erpresst.«

Wolfgang und Kai erstarrten, damit hatte sie nicht gerechnet.

»Wer erpresst sie und womit werden sie erpresst?«, schaltete sich Helga ein.

Manuel antwortete:

»Das wissen wir nicht. An dem Tag, als sie hierherkamen und ich sie so unfreundlich empfing, war kurz vorher ein Mann hier, den ich nicht kannte. Er will uns in die Schuhe schieben, dass wir angeblich unseren Freund Günther getötet haben und verlangt dafür 200.000 Euro, damit er schweigt.«

»200.000 Euro? Dann ist es kein Profi. Für diese Tat kann man mehr verlangen. Und sie wissen nicht, wer das war? Sind sie ganz sicher? War das der Mann, den wir unten vor ihrem Gebäude sahen? Der Mann, der eine Jeans und ein graues T-Shirt trug, auf dem vorn ein Adler darauf war?«

Manuel nickte. »Ja, der war das.«

In diesem Augenblick klingelte Wolfgangs Handy.

»Plaumann«, meldete er sich und dann, »Moment, ich kann sie kaum verstehen.«

Wolfgang setzte sein Handy ab und schaltete es geistesgegenwärtig auf laut, so, dass alle mithören konnten.

»Wieso habt ihr meine Anweisung nicht befolgt? Ich lasse euch alle hochgehen.«

»Welche Anweisungen meinen sie?«

»Ich habe dem Heini bei euch genau gesagt, dass ihr einen Sonnenschirm auf der Terrasse aufgespannt über Nacht hinstellen sollt. Das würde heißen, dass ihr mir die 200.000 Euro zahlen wollt. Jetzt wird es teurer, ihr zahlt 400.000 Euro, sonst seid ihr dran.«

»Wofür sollen wir denn eigentlich zahlen? Was haben wir denn gemacht?«

»Du Arsch, du weißt genau, wofür. Wenn nicht, schau in eure Gefriertruhe, dann weißt du es. Ich rufe morgen wieder an, dann sage ich dir, wie du mir das Geld gibst.«

Dann legte der Anrufer wieder auf.

»Ich sprach zum ersten Mal mit dem Kerl, ich weiß nicht, wer er ist und was er will.«

»Er hat doch etwas von ihrer Gefriertruhe gesagt. Was ist damit?«, Helga war neugierig geworden.

»Was soll mit unserer Truhe sein? Nichts! Sie haben doch gestern selbst hineingesehen.«

»Darf ich noch einmal einen Blick hineinwerfen?«

Ohne eine Antwort abzuwarten, stand Helga auf und ging Richtung Küche. Sie drehte sich um und fragte: »Möchte jemand von ihnen mitkommen?«

»Fühlen sie sich wie zu Hause«, Wolfgang wurde mutiger.

Helga kam aus dem Abstellraum zurück und sagte:

»Die Truhe ist ja völlig leer. Wo haben sie den Inhalt gelassen?«

»Einige Lebensmittel waren überaltert und abgelaufen, die haben wir entsorgt, der Rest ist im Kühlschrank. Wir wollen abends noch grillen.«

»An der Eingangstür vorn steht ein wunderschöner großer Garderobenkoffer. Ist der neu? Den habe ich noch nicht gesehen, als wir gestern hier waren.«

Manuel und Kai gefror das Blut in den Adern. Doch Wolfgang reagierte ganz cool:

»Der gehört meiner Frau.«

»Ihrer Frau?«, fragte Helga, »was macht die mit so einem Koffer?«

»Meine Frau war eine hervorragende Sängerin und hatte viele Auftritte. In dem Koffer hat sie ihre Kostüme transportiert. Vielleicht will sie auch hier auf Juist auftreten. Das weiß ich leider nicht, der Koffer wurde vorhin geliefert.«

Markus schaltete sich ein: »Das haben wir gesehen. Jemand transportierte diesen Koffer direkt an der Polizeistation vorbei. Wir sollten uns wieder mit der Erpressung befassen.«

Helga fragte: »Wer von ihnen hat einen Schlüssel hier für das Penthaus? Hat jeder einen?«

Wolfgang sagte: »Es gibt sieben Schlüssel. Jeder von uns fünf Männern hat einen und zwei Schlüssel sind bei der Verwaltungsfirma Juist-Immo.«

Helga bat die Herren:

»Dann zeigen Sie uns bitte die Schlüssel, die jeder von ihnen besitzt. Wir wollen das einmal überprüfen.«

Alle holten ihre Schlüssel und legten sie auf den Tisch.

»Das sind drei Schlüssel. Wo sind die anderen?«

»Es ist so«, Wolfgang erklärte die Situation, »Einer von uns, der Günther, wollte schon früher anreisen, da er vorher geschäftlich in Berlin zu tun hatte. Er reiste offensichtlich schon einen Tag vor uns an. Als er hier ankam, stellte er fest, dass er seinen Schlüssel daheim vergessen hatte. Er kam also nicht in das Penthaus hinein. Daraufhin rief er mich an. Ich setzte mich mit Juist-Immo in Verbindung und die brachten ihm dann einen Schlüssel. So kam er hier in die Wohnung.«

»Und wo ist dieser Günther jetzt? Den haben wir hier noch nicht kennengelernt.«

Helga war jetzt hellwach.

»Das wissen wir nicht. Als wir hier ankamen, war Günther nicht da. Wir haben ihn auch noch nicht wieder gesehen«, Wolfgang wirkte etwas kleinlaut.

»Und sie haben nichts unternommen, um ihn zu finden? Das kann ich nicht glauben. Haben Sie versucht, ihn anzurufen?«, wollte Markus wissen.

Kai sagte: »Ja, natürlich, aber wir haben ihn nicht erreicht. Wenn er bis morgen kein Lebenszeichen geben würde, wollten wir ihn als vermisst bei der Polizei melden.«

»Bitte geben Sie mir die Telefonnummer von Günther, und zwar die Nummer von seinem Mobiltelefon.«, Helga ließ nicht locker.

Wolfgang, der die Nummer von Günther auch nicht auswendig kannte, holte sein Handy aus der Tasche, suchte in den Kontakten und zeigte dann die Rufnummer von Günther.

»Darf ich mal?«, fragte Helga und ohne eine Antwort abzuwarten, nahm sie das Handy von Wolfgang und wählte die Nummer an.

Sekunden später erklang eine Melodie aus Günthers Zimmer.

Sofort ging Markus in das Zimmer und entdeckte das klingelnde Handy in der Nachttischschublade am Bett von Günther. Er nahm das Handy heraus und brachte es ins Wohnzimmer.

»Sie wollen mir ernsthaft weismachen, dass sie Günther angerufen und das Klingeln in seinem Zimmer nicht gehört haben?«, Markus blickte in die Augen der drei Männer und merkte, dass Manuel ihn nicht anschaute.

»Ich habe ihnen gestern erklärt, dass sie aufhören sollen, mit uns Spielchen zu spielen. Sie spielen schon wieder. Ich habe die Nase voll. Wenn sie nicht sofort mit der Wahrheit herausrücken, werde ich das gesamte Penthaus sperren, sie können von mir aus ins Hotel ziehen. Danach wird hier unsere Spurensicherung die Hütte auseinandernehmen, dann bleibt hier kein Stein mehr auf dem anderen. Ich habe keine Lust mehr, ihre Lügengeschichten zu hören!«

Wolfgang war plötzlich ganz leise: »Das mit dem Handy hatten wir schon entdeckt. Wir haben schon einmal angerufen und dann das Handy auf dem Nachttisch von Günther gefunden. Jemand hat es dann wohl in die Schublade gelegt. Ich hatte vorher versucht, Günther telefonisch zu erreichen. Das war am Tag unserer Anreise. Noch am Flugplatz draußen. Als er sich nicht meldete, haben wir uns nichts dabei gedacht. Also eine Idee hatte ich schon. Günther war kein Trauerkloß und er versuchte ständig, alle Frauen, die nicht bei drei auf den Bäumen waren, ins Bett zu zerren. Ich oder besser wir, gingen davon aus, dass Günther hier eine Frau kennenlernte und mit der um die Ecken zog, oder bei der kurzfristig wohnte. Wie gesagt, hätte Günther sich nicht gemeldet, morgen hätten wir ihn als vermisst gemeldet.«

»Und sie wurden nicht misstrauisch, als sie entdeckten, dass Günther sein Handy nicht mitgenommen hat?«

Kai startete einen Erklärungsversuch:

»Günther war kein Handy-Freak. Im Grunde lehnte er technischen Kram ab und benutzte, wenn überhaupt, sein Handy nur zum Telefonieren. Außerdem kannte er sich auch mit der Bedienung nicht sonderlich gut aus. Er vertrat auch die Meinung, dass man nicht ständig erreichbar sein muss.«

Helga wechselte das Thema:

»Kommen wir zurück zu den Schlüsseln. Drei Schlüssel haben sie hier. Ein Schlüssel ist bei Günther daheim, den er vergessen hatte. Ein weiterer Schlüssel bei der Firma Juist-Immo und Günther hat wahrscheinlich auch noch den von Juist-Immo bei sich. Das sind sechs Schlüssel, der siebte müsste bei dem verletzten Walter sein. Aber weder am Körper noch im Zimmer von ihm wurde ein Schlüssel gefunden. Kann es sein, dass der Schütze, also der Täter, den Schlüssel hat?«

»Oder der Erpresser hat den Schlüssel, ich glaube nicht, dass der Erpresser und der Mörder ein und dieselbe Person sind«, Markus ahnte nicht, wie dicht er an der Wahrheit war.

Wolfgang stand auf und holte einen Bogen DIN A4, den er Markus überreichte:

»Hier sind alle Privatadressen von uns, somit auch von unseren Ehefrauen und die Anschriften und Rufnummern unserer Freundin. Das wollten sie doch haben. Wir haben die große Bitte, dass unsere Ehefrauen nichts von den Freundinnen erfahren. Können sie uns das zusagen?«

Markus schüttelte den Kopf: »Das kann ich ihnen nicht versprechen. Es handelt sich hier um einen Mordfall, genauer gesagt um einen Mordversuch, den müssen wir aufklären und da können wir auf ihre privaten Eskapaden keine Rücksicht nehmen. Wir müssen abwarten, was sich in dem Fall ergibt.«

»Da fällt mir noch etwas ein«, Manuel meldete sich zu Wort, »als der Erpresser hier war, wollte er etwas zu trinken von mir. Ich gab ihm eine Flasche Bier aus dem Kühlschrank. Er hat direkt aus der Flasche getrunken. Fingerabdrücke sind nicht drauf, er trug Handschuhe. Wenn sie Fingerabdrücke finden, dann sind die von mir, als ich ihn die Flasche gab. Ich habe die Flasche anschließend sichergestellt. Soll ich die ihnen mitgeben?«

Markus sagte: »Das haben sie gut gemacht. Die Flasche nehmen wir mit und werden sie auf DNA-Spuren untersuchen lassen.«

Manuel holte die Flasche und Helga steckte sie vorsichtig in eine mitgebrachte Plastiktüte.

»Was schlagen sie vor?«, fragte Wolfgang, »wie sollen wir mit dem Erpresser umgehen?«

»Es ist gut, dass sie darauf zurückkommen. Der Erpresser hat ja angekündigt, morgen wieder anzurufen. In jedem Fall sollten sie die Gespräche mitschneiden und …«

Wolfgang unterbrach ihn:

»Wie kann ich denn mitschneiden? Ich habe nur mein Handy hier.«

»Schalten sie ihr Handy auf laut, so, dass alle anderen hier mithören können, wie vorhin. Und ein anderer von ihnen schneidet das mit, zum Beispiel über die Diktierfunktion seines Handys. Sie sollten dem Anrufer zunächst klarmachen, dass sie von Juist aus, das Geld nicht so schnell locker machen können. Dafür brauchen sie Zeit.

Darauf wird er sich nicht einlassen wollen. Er will das Geld garantiert kurzfristig und wird ihnen vermutlich höchstens zwei oder drei Tage Zeit geben. Sagen Sie ihm, dass sie versuchen werden, hier auf Juist auf einer Bank, ein Darlehen in der Höhe zu bekommen. Das Ziel ist also, Zeit zu gewinnen. Mit unserer Hilfe stellen wir ihm dann eine Falle. Wir bleiben deshalb im Kontakt.«

Wolfgang war sichtlich erleichtert, dass ihm Markus doch offensichtlich Hilfe anbot.

»Außerdem habe ich folgenden Vorschlag. Es gibt im Internet eine Software, die ihnen helfen kann. Die App für ihr Handy heißt ‚Truecaller: Spam protection'. Wenn sie die installiert haben, können sie identifizieren, welche Telefonnummer sie anruft, auch wenn der Anrufer seine Nummer unterdrückt hat. Ich rate ihnen, installieren sie die App auf ihrem Handy. Beim nächsten Anruf haben wir dann die Nummer des Erpressers.«

Wolfgang hatte sich die Daten notiert und versprach, Wolfgangs Vorschlag in die Tat umzusetzen.

Als sie das Penthaus verlassen hatten und in Richtung Polizeistation gingen, begann Markus wieder mit einem Lied:

»You can't hide your lyin' eyes, and your smile is a thin disguise, I thought by now you'd realize, there ain't no way to hide your lyin' eyes«

Helga bemerkte:

»Das klang aber nicht nach AC/DC. Was war das für ein Song?«

»Der Song hieß ‚Lyin' Eyes', wird gesungen von den Eagles. Das ist nicht mein Favorit, aber der Text stimmt.«

Helene plant neu

»Ich habe den Plaumann heute am Telefon gehabt. Wenn ich gekonnt hätte, wie ich wollte, wäre ich durch die Leitung gekrochen und hätte ihn erwürgt.«

»Lieber Bruder, Telefone haben heutzutage keine Leitung mehr. Ich dachte, du kennst dich technisch besser aus. Aber, okay, wie verlief das Gespräch mit dem Drecksack?«

Helene wirkte eiskalt. Zusammen mit ihrem Bruder Kurt saß sie in einer Pizzeria in der Strandstraße. Nach dem Genuss einer Pizza hatte Kurt jetzt schon das vierte Glas Pils getrunken.

»Sauf nicht so viel!«, herrschte sie ihren Bruder an.

»Ich brauche das jetzt. Von unserem Freund habe ich 400.000 verlangt. Er hat so getan, als wüsste er nicht, was er gemacht hat. Wegen dieses blöden Typen habe ich im Knast gesessen. Ich bringe den um.«

»Wir müssen einen neuen Plan schmieden, die Polizei steht mit denen Männern jetzt im Kontakt, wir wissen nicht, was die Bullen jetzt schon ahnen oder gar wissen.«

»Wir sollten jetzt die Kohle kassieren, dann erst einmal Ruhe halten und in Düsseldorf lege ich ihn dann um.«

»Lass uns überlegen«, Helene war ganz ruhig und sachlich, »wie könnten wir das mit der Geldübergabe machen?«

»Ich habe darüber nachgedacht. Ich habe folgende Idee entwickelt. Ich besorge uns eine Drohne, die in der Lage ist, ein Gewicht von maximal 10 kg zu tragen. Wir suchen uns eine Stelle hier auf der Insel aus, die einsehbar ist.

Dort soll der Plaumann das Geld in einen Behälter legen, den wir ihm zuspielen werden. Und ich fliege die Drohne dorthin und nehme den Behälter mit Hilfe der Drohne auf. Und schon haben wir die Kohle.«

»Woher willst du denn die Drohne nehmen?«

»Ich weiß, so was gibt es hier auf Juist nicht. Ich rufe den Plaumann morgen an und verlange das Geld sofort innerhalb von, sagen wir zwei Tagen. Dann wird er versuchen, mich hinzuhalten. Ich lasse mit mir handeln und gewähre ihm fünf Tage. In der Zeit fahre ich nach Bremen, da kenne ich ein Spezialgeschäft und kaufe die Drohne.«

»Was kostet denn solch eine Drohne?«

»Ich bin sicher, dass ich eine für uns passende Drohne für ungefähr drei- bis viertausend Euro kaufen kann.«

Helene interessierte sich mehr und mehr für den Vorschlag ihres Bruders.

»So könnten wir das Schwein drankriegen. Ich habe das Gefühl, das könnte klappen. Aber sag mal, muss die Drohne nicht zugelassen und genehmigt werden? Ich habe mal so was gehört.«

»Offiziell natürlich schon, aber ich werde die nicht anmelden. Wenn wir die anmelden, kann die Polizei uns schnell ausfindig machen.«

Kurt bestellte sich noch ein Glas Pils.

»Helene, Schwesterherz, ich muss dir etwas gestehen.«

Helene schaute auf: »Was ist los? Was hast du verbrochen?«

»Ich war es, der auf deinen Lover, den Walter geschossen hat.«

Einen Augenblick herrschte Schweigen am Tisch. Helenes Augen verengten sich und um nicht zu laut zu sprechen, kam es fast unhörbar über ihre Lippen:

»Bist du völlig von Sinnen, wie kannst du so was machen? Ich bin stinksauer. Wieso? Wieso? Ich fasse es nicht.«

»Ich wollte ihn nicht töten, ich wollte ihn nur verletzen. Darum habe ich nur auf seine Beine geschossen. Ich wollte dem Plaumann zeigen, dass wir vor nichts zurückschrecken. Ich bin sicher, dass er jetzt bereit ist zu zahlen. Und dann ist der Tod unserer Schwester gesühnt.«

»Der Tod gesühnt, du Idiot, den Tod von Alice kann man doch nicht mit Geld wieder gutmachen.«

»Was ist mit der Pistole? Hast du die noch?«

»Nein, die habe ich absichtlich liegen lassen. Ich hatte Handschuhe an, Fingerabdrücke kann man also nicht finden. Die Kanone hatte ich mir im Internet, im Darknet, besorgt. Die kann man nicht mit uns in Verbindung bringen.«

»Mit uns? Damit will ich nichts zu tun haben, das ist deine Angelegenheit. Ich muss jetzt erst nachdenken, was ich jetzt machen soll.«

»Heißt das, du willst mit der Kohle, die wir uns vom Plaumann holen wollen, nichts mehr wissen?«

»Doch. Doch, wir bleiben dabei, du besorgst die Drohne.«

In diesem Augenblick rief eine Stimme:

»Hallo Kurti, da bist du ja.«

Kurt drehte sich um und erschrak. Er hatte Pit sofort erkannt: »Was machst du denn hier?«

»Ich hatte Sehnsucht nach dir. Ich will dir helfen, die Kohle zu kassieren.«

Pit Stadler schaute Kurt direkt ins Gesicht und fragte weiter:

»Wer ist denn die Tussi da?«, dabei zeigte er auf Helene.

»Das ist meine Schwester Helene. Und das hier«, er zeigte auf Pit, »das ist Pit Stadler, wir haben einige Zeit gemeinsam im Knast in einer Zelle gesessen.«

»Und da hat mir Kurti von dem Doktor erzählt, den er ausnehmen will. Darum bin ich hier, ich will Kurti dabei helfen.«

Helene hatte es die Sprache verschlagen. Sie brachte nur noch einen kurzen Abschiedsgruß über die Lippen. Und meinte dann: »Bis bald Kurt, wir telefonieren.«

Sie drehte sich um und verließ die Pizzeria.

»Ein geiles Schwesterchen hast du, meinst du, ich habe eine Chance bei der?«

»Lass meine Schwester in Ruhe, du hast keine Chance, glaub mir.«

»Wie steht es denn mit der Kohle? Hast du schon etwas von dem Doc verlangt?«

»Das geht dich überhaupt nichts an. Von der Kohle bekommst du ohnehin nichts ab.«

Pit Stadler grinste übers ganze Gesicht:

»Das werden wir ja sehen. Ich weiß, was du vorhast und ich werde meine Hand aufhalten, verlass dich darauf. Ich werde da sein, wenn es so weit ist.«

Pit drehte sich um und verschwand.

Kurt bekam gerade sein bestelltes Bier und nahm erst mal einen großen Schluck. Dann überlegte er, nahm sein Handy und versuchte Helene zu erreichen.

Die war auch sofort dran und fragte:

»Ist der Typ wieder weg?«

»Ja, gerade gegangen. Wo bist du?«

»Ich sitze vor dem Kurhaus auf einer Bank. Bitte komm her.«

Kurt zahlte und machte sich augenblicklich auf den Weg.

Vor dem Kurhaus setzte er sich zu seiner Schwester. Die war ziemlich sauer und fragte:

»Was war das denn jetzt? Wo kommt dieser Typ jetzt her? Woher weiß der, was wir vorhaben?«

»Ich war so dämlich und habe dem im Knast von Plaumann erzählt und habe durchblicken lassen, dass ich eine Möglichkeit sehe, den Herrn Professor unter Druck zu setzen und von ihm Kohle zu kassieren. Das war bloß ein Hirngespinst von mir. Damals gab es noch keine konkreten Vorstellungen bei mir, was ich oder besser gesagt, was wir mit Plaumann anstellen könnten. Wie der Pit überhaupt erfahren hat, dass ich hier auf Juist bin, ist mir ein Rätsel.«

»Ich denke, er wird dich hier beobachten und dich im Zweifel sogar verfolgen. Vielleicht hat er schon herausbekommen, wo du wohnst. Weißt du was, du gehst heute Nacht nicht in deine Pension, du schläfst bei mir.«

Kurt war sofort einverstanden und sagte: »Lass uns sofort zu dir gehen. Dabei sollten wir einen Weg wählen, auf dem wir beobachten können, ob der Pit uns verfolgt.«

Helene stimmte zu und sie liefen über die Strandpromenade Richtung Osten. Beim Cafe del Mar setzten sie sich auf eine Bank und konnten die Strandpromenade gut überblicken. Keiner schien ihnen gefolgt zu sein. Nach einer Viertelstunde erhoben sie sich von der Bank und liefen dann den Herrenweg hinunter bis zur Herrenstrandstraße. Jetzt waren sie sehr nahe am Penthaus und Helene befürchtete von einem aus der Clique entdeckt zu werden. Vorsichtig gingen sie weiter und erreichten schließlich auf Umwegen die Pension in der Billstraße, in der Helene wohnte und in der sie jetzt mit ihrem Bruder verschwand.

Kurt fragte, als sie sich im Wohnzimmer auf das Sofa setzten:

»Hast du ein Bier im Kühlschrank? Ich brauche jetzt noch eines.«

»Draußen im Flur steht ein großer Kühlschrank, da sind Getränke drin. Bring mir bitte eines mit, ich zahle die beiden Biere dann morgen.«

Kurt holte zwei Flaschen Bier aus dem Kühlschrank und goss es in Gläser.

»So, das Bier noch, dann habe ich die notwendige Bettschwere. Ich werde dann pennen gehen. Wo kann ich schlafen?«

»Ich habe leider nur ein Doppelbett, du nimmst die eine und ich die andere Seite. Das dürfte ja wohl kein Problem für dich sein. Oder?«

»Ich fahre morgen früh nach Bremen, ich nehme die Schnellfähre. Wenn ich den Plaumann dann morgen früh vom Auto aus angerufen habe, melde ich mich bei dir.

Wenn du noch Verbesserungsvorschläge für meinen Plan mit der Drohne hast, melde dich bitte.«

»Mache ich. Ich gehe erst ins Bad und dann auch ins Bett. Bis morgen, Bruderherz.«

»Gute Nacht.«

Neue Pläne mit Günther

Nachdem Markus und Helga verschwunden waren, rief Wolfgang seine Kumpel zusammen.

»Wir müssen sofort klären, wie Günther hier verschwindet. Vorhin hatten wir Glück, nachdem die Weilburger noch mal in die Gefriertruhe geschaut hatte. Gott sei Dank, war Günther im Schrankkoffer. Ich sehe nur noch die Möglichkeit, dass wir ihn sofort zum Flugplatz und in meine Cessna bringen.«

Kai und Manuel waren einverstanden und Kai schlug vor:

»Ich hole wieder einen Gepäckkarren am Hafen. Wir laden den Schrankkoffer darauf und fahren mit den beiden Fahrrädern zum Flugplatz. Kommst du problemlos zu deinem Flugzeug oder werden wir oder wird das Gepäck kontrolliert?«

»Natürlich nicht, da kontrolliert keiner. Aber wir sollten auf keinen Fall Günther im Schrankkoffer transportieren. Der Polizei fiel der Koffer auf und wenn der nicht mehr da ist, werden die misstrauisch. Ich schlage vor, wir nehmen Bettlaken, davon gibt es hier genug. Darin wickeln wir Günther gründlich ein und von außen kommen wieder zwei Müllsäcke zum Einsatz.«

»Dann merkt doch jeder, der die Verpackung sieht, sofort, dass da ein Mensch drin ist.«

»Quatsch. Ich habe übrigens im Abstellraum, in einer Schublade, eine Rolle Klebeband entdeckt. Walter hätte also gar nicht gehen müssen, um so etwas einzukaufen. Mit dem Klebeband lassen sich die beiden Enden der

Müllsäcke verkleben. Dann können wir Günther gut transportieren.«

Es dauerte knapp zwei Stunden, dann hatten die drei den Leichnam in Bettlaken und Müllsäcken zu einem großen Paket gepackt.

Kai besorgte wieder einen Karren am Hafen und kam damit zurück.

Sie wuchteten das Günther-Paket in den Lift und von dort in den Gepäckkarren.

An einem E-Bike konnten sie den Karren befestigen und Wolfgang und Kai fuhren gemeinsam in Richtung Flugplatz.

Manuel blieb im Penthaus zurück, sorgte für Ordnung und legte sich auf das Sofa.

Vor Erschöpfung von der Aufregung schlief er ein, nicht ohne vorher wegen Günther und Walter ein paar Tränen zu vergießen.

Spekulationen

Helga gab die Bierflasche, aus der der Erpresser getrunken und vermutlich verwertbare Spuren hinterlassen hatte, Eike mit, der nachmittags noch mit dem Hubschrauber aufs Festland flog.

Zusammen mit Markus und Hanke diskutierten sie die vorliegende Lage. Alle Personen und Fakten hatte Helga auf einer großen Wand visualisiert.

»Etwas ist da faul, mit der Gefriertruhe, wenn ich nur wüsste, was das sein könnte. Auch der Erpresser hat die Truhe erwähnt. Aber ich habe zweimal hineingeschaut. Beim ersten Mal lagen da Steaks und Bratwürste drin und beim zweiten Mal war die Truhe leer. Was ist das Geheimnis der Truhe?«

»Angeblich lagen ja jetzt das Fleisch und andere Grillartikel im Kühlschrank und es war nichts mehr in der Truhe«, erinnerte sich Markus.

»Und einen Teil des Inhalts, haben sie angeblich entsorgt«, Helga schaute fragend in die Runde, »glaubt ihr wirklich, dass die da etwas weggeworfen haben?«

Hanke, der interessiert zugehört hatte, fiel etwas ein:

»Das kann man überprüfen, das weggeworfene Grillgut müsste noch in der Mülltonne am Penthaus liegen, die Müllabfuhr kommt dort erst nächste Woche wieder hin. Ich schlage vor, ich schwinge mich auf mein Fahrrad, fahre hin und werfe mal einen Blick in die Mülltonnen.«

»Superidee«, Markus war begeistert und als Hanke fortging, fragte er seine Kollegin:

»Was glaubst du? Was sind deine Gedanken zu dem Fall?«

»Mir geht der Günther nicht aus dem Kopf. Dass der einfach sich bei einer Frau, die er hier aufgerissen hat, aufhält, ich glaube das nicht. An einen One-Night-Stand könnte ich glauben, aber Günther ist schon mehrere Tage und Nächte nicht aufgetaucht. Er muss aber offensichtlich im Penthaus gewesen sein, denn er hat seine Wäsche und sein Handy dort gelassen und ist dann nie wieder aufgetaucht, drei Tage lang. Da stimmt etwas nicht.«

»Vielleicht ist der Günther ja tot und liegt oder lag in dieser Gefriertruhe? Ich weiß nicht, ob das ein Ansatz ist.«

Helga reagierte schmunzelnd: »Du schaust zu viele Krimis. Offensichtlich die von der schlechteren Sorte. Eine Leiche in der Gefriertruhe, ich glaube, dass es keinen Fall gibt, wo so etwas in Deutschland schon einmal vorkam.«

»In Deutschland ist mir auch kein Fall bekannt, aber erst kürzlich in Kroatien und in London und ich glaube vor fünf oder sechs Jahren in den USA. Da wurden jeweils Leichen in Gefriertruhen versteckt und zum Teil erst nach zehn oder noch mehr Jahren dort gefunden. Also so unmöglich ist das nicht«, Markus schaute Helga an, »was glaubst du?«

»Okay, ich akzeptiere deine Theorie, aber das müssten wir anderweitig überprüfen. Ich komme noch einmal auf die Frau Dachhauser zurück. Die hat zwar ein Alibi, aber vielleicht ist das ein gefaktes Alibi. Wer weiß, wie sie es sich besorgt hat?«

Markus schüttelte den Kopf: »Ich bin mir da nicht sicher. Ihr Alibi ist ziemlich hieb- und stichfest. Sie hat die Uhrzeit quittiert auf ihrem Zahlungsbeleg und hat den Arzt mit dem Auto wegfahren sehen. Ich glaube nicht, dass eine brave Hausfrau so viel kriminelle Energie aufbringt und so ein Alibi vortäuschen kann. Es sei denn, sie hatte einen Helfer.«

»Oder eine Helferin!«

»Vielleicht ist ja noch eine andere Ehefrau von der Penthaus-Clique hier. Wurde das eigentlich einmal überprüft?«

In diesem Augenblick kam Hanke zurück und berichtete:

»In den Mülltonnen am Penthaus sind keine Lebensmittel, die unserer Vorstellung entsprechen. Da waren nur Kartoffel- und Eierschalen und Reste von gekochtem Essen, aber keine Fleischstücke, die zum Grillen benutzt werden können, also Würstchen oder Steaks oder Ähnliches. Die haben keine überalterten Lebensmittel entsorgt. Zumindest nicht in der eigenen Mülltonne.«

»Danke, mein Lieber, das bringt uns ein Stück weiter«, Markus kramte in einem Stapel Papier, »hier ist die Liste der Adressen unserer Freunde im Penthaus. Bitte Hanke, telefoniere doch mal die Ehepartner an und überprüfe, ob die alle daheim in ihrer Wohnung sind.«

Hanke nahm die Seite mit den Adressen, die von den Männern im Penthaus erstellt wurde und verschwand im Nachbarzimmer.

Plötzlich fiel Helga etwas ein und sie fragte:

»Sag mal, ist dir eigentlich an dem Kai Sageball etwas aufgefallen?«

»Ich weiß nicht, was du meinst. Was fiel dir auf?«

»Dem fehlt an der linken Hand die Spitze des Zeigefingers.«

Markus überlegte einen Augenblick und sagte:

»Nein, habe ich noch nicht bemerkt. Aber das ist bei Köchen keine Seltenheit, das kommt häufiger vor, wenn sie mit scharfen Messern hantieren. Na, aber etwas Gutes hat das ja.«

»Was meinst du?«, fragte Helga.

»Er kann mit der linken Hand keinen Stinkefinger zeigen«, Markus grinste und Helga verschluckte sich beinahe vor Lachen.

Wer ist noch auf Juist?

Hanke kam zurück mit der Liste der Penthaus-Clique und den anderen Kontaktpersonen.

»Ich habe bei den Ehepartnern angerufen. Erreicht habe ich die Frau Plaumann, Frau Sageball und Herrn Eigenhardt, den Mann von Manuel Wallmann. Ich habe denen erzählt, dass wir Fragen haben, weil es einen Anschlag auf Herrn Dachhauser gab. Das wussten übrigens alle schon, ihre Männer hatten sie informiert. Die Frau Dachhauser habe ich nicht erreicht, ich wusste ja, dass die noch hier auf Juist ist. Doch jetzt haltet euch fest. Ich habe natürlich auch bei Frau Kallenbach angerufen, die Frau von dem ominösen Günther. Die ist auch nicht da, aber eine Haushaltshilfe von Kallenbachs war am Telefon und von der erfuhr ich, dass Frau Kallenbach auf Juist ist.«

Markus sprang auf:

»Verdammt, was läuft da? Wir müssen die sofort finden. Wie machen wir das?«

»Wir können leider auf keine Daten zurückgreifen, da die Gäste nur freiwillig gespeichert werden. Dann kann nämlich die Kurverwaltung den Gästen auch nach dem Urlaub immer mal wieder aktuelle Informationen zusenden.«

»Wenn wir jetzt eins und eins zusammenzählen und uns an die Zeugenaussage der Frau Esken denken, die eine Frau gesehen haben will, die nach den Schüssen im Foyer des Penthauses, davonlief. Dann stimmt das Alibi der Frau Dachhauser. Den Anschlag auf den Herrn Dachhauser hat die Frau Kallenbach durchgeführt.«

Markus nahm den Faden sofort auf und ergänzte:

»Und der Günther Kallenbach wurde von Frau Dachhauser umgebracht. Das Motiv war grenzenloser Hass der beiden Frauen.«

»Falsch«, korrigierte Helga, »das Motiv war grenzenlose Verachtung für die eigenen Männer. Zwei Ehefrauen, die von ihren Männern betrogen und erniedrigend behandelt wurden, beschlossen, gegenseitig die Ehemänner der jeweils anderen zu töten. Ein wahnsinniges Komplott.«

»Eine tolle Theorie, die wahrscheinlich sogar stimmt. Wir müssen es nur noch beweisen«, Markus war sehr überzeugt von dem, was Helga und er gerade konstruiert hatten, »und der Günther war schon tot, als die Clique hier eintraf. Sie fanden den toten Freund, hatten Angst, dass ihr Fremdgehen zu größeren familiären Problemen führen könnte und sie beschlossen Günther verschwinden zu lassen. Vielleicht in der Gefriertruhe, vielleicht sonst wo.«

»Was machen wir jetzt?«, fragte Helga.

»Wir fahren wieder ins Penthaus und verhaften erst einmal alle drei und hetzen denen anschließend die Spurensicherung auf den Hals. Wir lassen uns nicht länger auf der Nase herumtanzen.«

Von Hanke ließen sie sich das Polizei-E-Quad geben und beide fuhren erneut ins Penthaus.

Aus allen Wolken fallen

Wolfgang und Kai hatten den Leichnam von Günther ins Flugzeug gebracht. Wolfgang machte seinem Freund klar:

»Wir starten jetzt und bringen es hinter uns, wir starten.«

»Jetzt, oh Gott«, Kai war sichtlich erschrocken, »das geht mir alles zu schnell, müssen wir das jetzt machen?«

»Wann denn sonst, bringen wir es hinter uns.«

Wolfgang setzte sich mit dem Tower in Verbindung und ließ sich seinen Rundflug genehmigen. Dann startete er den Motor und rollte auf die Startbahn. Seine Cessna war in der Lage, nach sehr kurzer Strecke abzuheben. Er war in Richtung Ost gestartet und am Ende der Insel Juist ist der Kalfamer. Hier gibt es ausgedehnte Sandbänke und die Dünen sind ein wichtiges Vogelrast- und Nistgebiet.

Wolfgang bog in Richtung Norden ab. Er flog so weit, dass er von der Insel aus nicht mehr beobachtet werden konnte. Dann änderte er erneut die Richtung und flog fast parallel zur Insel Juist in westlicher Richtung.

»Ich möchte ja, dass Günthers Körper möglichst bald gefunden wird, damit die Polizei den Mörder finden kann«, Wolfgang versuchte Kai von seinem Vorhaben zu überzeugen, »deshalb werden wir Günther in Höhe des Hammersees ins Meer werfen. Da die Strömung in Richtung Osten verläuft und wir gerade Flut haben, bedeutet es, dass der Leichnam ungefähr am Hauptstrand von Juist angetrieben wird. Ich bin da zwar kein Fachmann, aber das habe ich mir so ausgerechnet.«

Wolfgangs Erklärung fand die Zustimmung von Kai.

Die Cessna wurde jetzt in Richtung Hammersee gesteuert. Ungefähr ein Kilometer vor dem Strand ließ Wolfgang durch Kai die Seitentür der Maschine öffnen. Die Tür befand sich unmittelbar hinter dem Sitz, in dem Wolfgang saß.

Kai hatte sich mit einem Gurt gesichert, damit er nicht herausfallen konnte. Den Leichnam von Günther hatte sie bereits vor dem Start entpackt und er lag in der Bekleidung auf dem Boden der Cessna, in der er von den Freunden tot aufgefunden wurde.

Wolfgang flog noch eine Kurve über der Stelle, die er für den Abwurf vorgesehen hatte. Durch die enge Kurve wurde es für Kai einfach, den Leichnam aus der Maschine zu werfen.

Als Wolfgang und Kai den Körper in den aufspritzenden Wellen verschwinden sahen, herrschte erst einmal Funkstille an Bord. Wolfgang dreht ab und flog in einem großen Bogen zum Verkehrslandeplatz zurück und ließ sich über Funk die Landeerlaubnis geben.

Als alle Formalitäten erledigt waren, schwangen sich beide wieder auf ihre Fahrräder und fuhren Richtung Penthaus zurück. Nachdem Günther in die Nordsee geworfen wurde, hatten beide noch kein Wort miteinander gesprochen.

Päckchen für Wolfgang

Markus und Helga betraten das Haus und gingen auf den Fahrstuhl zu, als von hinten eine Stimme rief:
»Hallo, hallo, sie!«
Sie blieben stehen und drehten sich in Richtung der Stimme. Ein kleinerer, untersetzter Mann kam auf sie zu und sagte:
»Moin, mein Name ist Scholz, ich bin hier der Hausmeister. Ich habe mitbekommen, dass sie von der Polizei sind. Ist das richtig?«
»Ja, mein Name ist Markus Niemand und das ist meine Kollegin Helga Weilburger, wir sind von der Polizeiinspektion Aurich/Wittmund. Wir ermitteln in dem Fall des Mannes, der hier, genau an der Stelle, an der wir stehen, angeschossen und schwer verletzt wurde. Was können wir für sie tun?«
»Genau an dem Tag, an dem der Herr Dachhauser angeschossen wurde, rief mich vorher ein Mann an und erzählte mir, dass ein kleines Paket für den Herren Professor bei mir vor der Tür liegen würde.

Ich habe das Paket gefunden und dann oben im Penthaus angerufen, dass hier etwas für den Professor Plaumann abgegeben wurde. Mir wurde gesagt, dass Herr Dachhauser, der eine Rolle Klebeband kaufen wollte, das Päckchen anschließend mit nach oben nehmen würde. Aber dann passierte das mit den Schüssen und er konnte es ja nicht mehr bei mir abholen. Auch ich habe das in dem ganzen Durcheinander wieder vergessen. Vorhin sah ich das kleine Paket bei mir liegen und sah sie hereinkommen. Würden Sie bitte dem Herrn Professor das Päckchen mitnehmen?«

»Das machen wir gerne Herr Scholz, sie sehen ja, wir sind auf dem Weg nach oben.«

Helga nahm das Päckchen entgegen und folgte ihrem Kollegen, der inzwischen schon den geöffneten Fahrstuhl betreten hatte. Als sich die Tür schloss und der Lift startete, fragte Markus:

»Was mag da drinnen wohl sein? Vielleicht etwas Wichtiges?«

Helga schmunzelte und erwiderte: »In diesem Fall scheint alles wichtig zu sein. Wir lassen es gleich als Erstes von Plaumann öffnen. Ok?«

Helga brauchte die Antwort nicht abzuwarten, denn erstens hatte der Lift das Penthaus erreicht und zweitens wusste sie, dass Markus garantiert ihrer Meinung war.

Markus klingelte an der Tür des Penthauses. Manuel öffnete die Tür und bat die beiden Polizisten herein.

»Bitte, kommen sie herein. Im Augenblick müssen sie mit mir vorliebnehmen, Wolfgang und Kai kommen gleich wieder.«

»Wo sind die Herren denn hin?«, Markus wollte es genau wissen.

»Die sind mit Fahrrädern zum Flugplatz gefahren. Wolfgang, also Professor Plaumann, wollte etwas am Flugzeug machen.«

»Was wollte er denn am Flugzeug machen?«, hakte Helga nach.

»Das weiß ich nicht, ich bin kein Flugzeugfachmann. Das müssen sie ihn schon selbst fragen. Die beiden müssten bald wieder hier sein.«

»Dürfen wir draußen auf ihrer Terrasse warten, mir gefällt die Aussicht von dort?«

»Aber natürlich, bitte.«

Manuel öffnete die Tür zur Terrasse und Helga ging, gefolgt von Markus, hinaus.

»Ich mache uns einen Kaffee, wenn sie mögen«, bot Manuel an und ohne auf eine Resonanz zu warten, verschwand er in der Küche.

Helga war froh, noch schnell mit Markus allein sprechen zu können und fragte ihn:

»Hast du das gesehen? Der Schrankkoffer steht nicht mehr am Platz von gestern. Jetzt liegt er, ist aber verschlossen.«

Markus nickte: »Ja, das habe ich bemerkt. Wir lassen uns den Koffer gleich einmal zeigen.«

Helga rief plötzlich: »Schau mal, da unten, die Herren sind vom Flugplatz zurück.«

Von oben konnten sie beobachten, wie die beiden von ihren Rädern stiegen und sie offensichtlich ins Haus brachten.

»Ich nehme an, die bringen die Fahrräder in den Keller. Im Foyer ist mir bisher noch kein Velo aufgefallen.«

»Wieso sagst du Velo? Das sagt man doch in der Schweiz.«

»Aber du hast doch genau gewusst, was ich meine. Ich wollte dir nur zeigen, wie polyglott ich bin«, Helga grinste.

»Ich weiß, dass du viele Sprachen sprichst«, bestätigte Markus.

»Ich spreche Deutsch, englisch, französisch, etwas italienisch, durch die Nase und über andere!«

In diesem Augenblick betraten Professor Plaumann und Kai Sageball die Terrasse.

Wolfgang sagte: »Herzlich willkommen zurück in unserem Penthaus. Schön, dass sie wieder hier sind.«

»Ich bin nicht sicher, ob sie das nachher auch noch schön finden werden. Hier, wir haben etwas für sie mitgebracht.«

Markus schaute zu, wie Helga das Päckchen an Wolfgang weitergab.

»Was ist da drin? Von wem ist das?«, wollte Wolfgang wissen.

»Am Donnerstagmorgen wollte doch ihr Freund Walter Dachhauser einkaufen gehen und als ich sie fragte, was er einkaufen wollte, wussten sie es angeblich nicht. Wir wissen inzwischen, was der Walter holen wollte. Es war Klebeband. Darauf kommen wir noch zurück. Bevor er ging, wurden sie Herr Plaumann vom Hausmeister, dem Herrn Scholz, informiert, dass bei ihm etwas für sie abgegeben wurde. Sie baten Herrn Dachhauser, das auf dem Rückweg beim Hausmeister abzuholen und ihnen mitzubringen. Stimmt das bis dahin alles, was ich sagte?«

»Oh, stimmt, das habe ich völlig verdrängt. Ist es dieses kleine Paket hier?«

»Ich möchte wissen, ob alles, was ich sagte, von ihnen bestätigt wird, angefangen vom Klebeband bis zu diesem Paket.«

»Sie haben recht, alles ist richtig.«

»Gut, jetzt zum Paket, bitte machen Sie es auf.«

Wolfgang sagte: »Ich möchte gerne in die Küche gehen, da haben wir Messer und Scheren, damit kann ich das Päckchen öffnen.«

»Kein Problem«, Markus nickte, »wir kommen mit.«

Alle Beteiligten setzten sich in Bewegung und gingen in die Küche.

Wolfgang nahm eine Schere und zerschnitt die Kordel, die das Packpapier zusammenhielt. Er schaute sich die Adresse auf dem Packpapier an, die jemand offensichtlich mit einem Filzstift draufgeschrieben hatte und entfernte danach da Packpapier. Darunter verborgen war eine Pappschachtel. Wolfgang nahm den Deckel ab und schrie auf:

»Oh mein Gott, was ist denn das?«

In der Schachtel lagen ein Briefumschlag und eine durchsichtige Plastiktüte, in der ein blutverschmiertes Messer zu sehen war.

Markus rief: »Stopp, sofort alles hinlegen.«

Wolfgang ließ alles auf den Tisch fallen, was er in der Hand hielt.

Helga sprang auch sofort hinzu und brachte die Verpackung, den Karton, die Kordel und den Inhalt in Sicherheit.

»Wir müssen eventuell alle Spuren sichern, bitte nichts mehr berühren.«

Sie zog sich Handschuhe an, nahm den Briefumschlag aus dem Karton und schlitze ihn vorsichtig auf. In der Besteckschublade fand Helga eine Pinzette, mit der sie einen DIN-A4-Bogen herauszog und auseinanderfaltete.

Sie überflog den Inhalt und schob den Brief dann ihrem Kollegen zu, der ihn sich durchlas und nach kurzer Pause, sagte:

»Hier hat jemand, mit ungelenker Schrift und vielen Schreibfehlern, folgendes geschrieben.«

Hallo Proffesor, du Drecksau,
wir wissen, dass du eine Menge Dreck am Stäcken hast. Und dafür musst du büßen.
Heute habe ich deinem Kumpel, der in der Wohnung war, mit dem Messer hier die Luft rausgelassen.
Er ist der erste, der büßen muss und zwar für dich.
Wir verlangen von dir erst mal 1 Milion Euro. Das ist aber nur der Anfang. Wahrscheinlich wird es meer.
Damit du uns glaubst, werden wir noch den einen oder anderen von eurem Haufen in die Jagdgründe schikken.
Wir werden einen nach dem anderen umlegen, du wirst der letzte sein wir kriehgen dich. Wenn du zahlst hast du die Schance zu überleben.

»Das Erste, was mir auffällt, sind eine Menge Schreibfehler. Ich bin sicher, die sind absichtlich gemacht worden«, Markus fuhr fort, »ich nehme auch an, dass er alle Fingerabdrücke entfernt hat. Trotzdem werden wir danach suchen.«

Nach einer längeren Pause sagte Markus:

»Jetzt aber zum Inhalt. Herr Plaumann, was sagt ihnen der Brief?«

»Keine Ahnung, ich weiß nicht, wofür ich büßen soll.«

»Herr Plaumann, Herr Wallmann, Herr Sageball, wenn sie nicht sofort mit der Wahrheit rausrücken, verhafte ich sie. Morgen früh steht dann die Spurensicherung auf der Matte und wir werden viele Spuren finden. Zum Beispiel von Günther Kallenbach. Wir werden die Spuren in der Gefriertruhe, im Schrankkoffer und an anderen Stellen finden. Was ist mit Günther Kallenbach passiert?«

»Es ist vorbei«, Wolfgang stockte, dann fuhr er fort, »wir werden ihnen die Wahrheit sagen. Ich fange damit an. Unser Freund Günther ist tot. Als wir am Mittwoch hier in unser Penthaus kamen, fanden wir ihn, hier auf dem Küchenboden liegend, er wurde erstochen. Wir waren sehr schockiert und wollten uns keine Probleme einhandeln. Wir wollten den Leichnam vor den anwesenden Frauen verbergen und haben ihn in der Gefriertruhe versteckt.«

»Die Frauen waren also nicht dabei, als Günther gefunden wurde?«, fragte Markus.

»Nein, die warteten unten im Foyer. Wir fuhren vor ihnen nach oben und wollten zuerst unseren Begleiterinnen und Friedhelm einen gebührenden Empfang, mit Champagner und so, vorbereiten«, antwortete Kai.

Helga sah zu Manuel hinüber, der einmal mehr nicht an sich halten konnte und hemmungslos weinte und fragte:

»Alles okay bei ihnen?«

»Ja, alles okay, zumal der ganze Mist jetzt zu Ende ist und wir alles sagen können«, Manuel schien erleichtert, trotz der Tränen.

»Ob der Mist jetzt zu Ende ist, bleibt abzuwarten. Unter Umständen fängt er jetzt erst für sie an«, Markus wirkte hart und kalt, »wo ist die Leiche des Ermordeten? Bitte fahren Sie fort, Herr Plaumann.«

»Sie werden ihn bald finden, wir haben Günther heute ins Meer geworfen, in die Nordsee.«

»Was haben sie?«. Helga rastete beinahe aus, »das glaube ich jetzt nicht, sie haben den Ermordeten in die Nordsee geworfen? Was wollten sie denn dadurch erreichen?«

»Wir wollten nicht mit der Ermordung von Günther in Verbindung gebracht werden und wollten auf der anderen Seite, dass der Leichnam möglichst schnell gefunden wird, damit die Polizei den Mord aufklären kann«, Wolfgang hatte seine Sicherheit mehr und mehr verloren.

Helga war sehr ungehalten:

»Den Leichnam schnell finden? Wollen sie uns auf den Arm nehmen? Sie haben den Toten am Mittwoch gefunden. Heute haben wir Samstag und wir haben ihn immer noch nicht. Wenn er nicht schnell an Land geschwemmt und gefunden wird, kann es auch noch ein paar Tage dauern, bis wir den Körper untersuchen können. Ich fasse es nicht, sie sind doch alle drei intelligente Menschen. Aber in dem Fall hat bei ihnen der Verstand wohl völlig ausgesetzt.«

Markus schüttelte den Kopf, »Da sind noch viele Fragen offen. Als meine Kollegin in die Truhe schaute, war keine Leiche drin. Wo war sie zu diesem Zeitpunkt?«

Kai, der bisher geschwiegen hatte, erklärte:

»Er war in der Truhe, nur Manuel hatte die Leiche unter Bratwürsten und Grillfleisch versteckt.«

»Man könnte meinen, das ist alles ein schlechter Witz, aber über schlechte Witze lache ich nicht.«

Helga war immer noch fassungslos.

Alle wurden plötzlich in die Realität zurückgeholt, als das Handy von Markus klingelte.

Markus meldete sich und hörte längere Zeit zu. Dann ordnete Markus am Telefon an:

»Sofort den Körper in die Gerichtsmedizin bringen lassen. Wir kennen inzwischen die Hintergründe.«

Markus legte das Handy auf den Tisch und verkündete:

»Unterhalb vom Café Wilhelmshöhe wurde ein Leichnam an Land gespült. Eike und Hanke sind vor Ort. Im Körper wurden drei Einstiche eines Messers entdeckt. Mit sehr großer Wahrscheinlichkeit handelt es sich um Herrn Günther Kallenbach. Wir versuchen ihn heute noch per Hubschrauber zur Gerichtsmedizin zu bringen. Ich wünsche mir, dass funktioniert alles so, wie wir hoffen.«

»Der Mörder und Erpresser kündigt in seinem Brief an, dass er noch mehr Menschen aus ihrer Swinger-Gruppe töten will. Ich nehme an, der Anschlag auf Walter Dachhauser war sein zweiter Versuch. Wir müssen befürchten, dass der nächste Versuch schon geplant ist. Was glauben sie, Herr Plaumann, wodurch ist der offensichtlich abgrundtiefe Hass auf sie begründet? Bitte denken Sie nach«, Markus schaute den Befragten intensiv an.

Wolfgang zögerte einen Moment und meinte dann: »Ich weiß es nicht. Ich denke schon die ganze Zeit darüber nach. Ich habe mir eigentlich noch nie Feinde gemacht und bin ein friedvoller Mensch.«

Markus ließ nicht locker:

»Kann es mit ihren sexuellen Eskapaden zu tun haben? Ein eifersüchtiger Ehemann? Eine enttäuschte Geliebte?«

»Nein, das kann ich mir nicht vorstellen, da ist mir nicht im Geringsten etwas bekannt.«

»Was ist mit ihrer Ehefrau? Kennt die ihre Affären? Würden Sie ihr einen solchen Hass zutrauen?«

»Nein, auf keinen Fall, meine Frau ganz sicher nicht.«

»Gibt es Krach in ihrer Verwandtschaft? Im Freundeskreis vielleicht?«

»In meiner Verwandtschaft oder in der meiner Frau, nein, das sind insgesamt nur sehr wenige noch lebende Verwandte. Es gab auch nie eine Erbschaftsgeschichte, weder finanziellen Streit noch anderweitigen Ärger. Meine Freunde sind oder besser waren alle hier. Nein, dazu fällt mir partout nichts ein.«

»Was ist mit Geschäften jeglicher Art, gab es da mal Ärger? Finanzielle Investoren? Gibt es Neider in ihrem Umfeld? Was ist mit ihren beruflichen Aktivitäten? Ihrer Tätigkeit als Mediziner?«

Wolfgang schüttelte wieder den Kopf. »Nein, da ist nichts und da ist auch nie etwas gewesen«, er zögerte und sagte dann sehr nachdenklich, »Moment, da war mal was. Das ist, glaube ich, sechs Jahre her. Da verstarb eine Patientin von mir an einer Darminfektion und mir wurde ein ärztlicher Kunstfehler unterstellt.«

»Was war das für eine Darminfektion?«

»Ich versuche es vereinfacht zu erklären. Die Infektion entsteht durch ein Bakterium namens EHEC. EHEC steht für enterohämorrhagische Escherichia coli. Das ist ein Darmbakterium, welches ein Toxin produziert. Also ein

Gift, bei dem es zu Folgeerkrankungen, zum Beispiel zu schweren Durchfällen oder Nierenversagen kommen kann. Unter Umständen endet das sogar tödlich. Bei meiner Patientin war das so, sie verstarb. Die Angehörigen verklagten mich, wegen eines vermuteten Kunstfehlers. Das Gericht stellte auf Grundlage eines medizinischen Gutachtens fest, dass es keinen groben Behandlungsfehler von mir gab. Doch dann, ungefähr sechs Monate später, drangen zwei Männer in mein Büro in der Klinik ein und verprügelten mich mit Baseballschlägern. Ich wurde sehr verletzt und hatte Glück, nicht an den Folgen der Schläge zu sterben. Die beiden Männer waren Brüder der verstorbenen Patientin und wurden erwischt und zu längeren Haftstrafen verurteilt. Einer zu mehr als sechs Jahren, der jüngere Bruder bekam drei Jahre Gefängnis. Die müssten beide noch einsitzen, wenn ich mich nicht irre.«

»Da forschen wir sofort nach, das wissen wir spätestens Morgen«, Helga machte sich sofort Notizen.

Markus fuhr mit seinen Fragen fort: »Wissen sie eigentlich, ob sich derzeit von Ihnen oder von Günther Kallenbach oder Walter Dachhauser Angehörige hier auf der Insel aufhalten?«

»Nein, das kann ich mir nicht vorstellen, davon ist mir nichts bekannt«, antwortete Wolfgang und Manuel und Kai schüttelten die Köpfe.

»Noch eine Frage geht mir durch den Kopf«, Helga schaltete sich ein, »wann genau wurde Günther Kallenbach ermordet und wie kam der Täter überhaupt hier in ihr Penthaus?«

Wolfgang antwortete:

»Wir erreichten das Penthaus gegen 14:45 Uhr. Als wir Günther fanden, habe ich ihn untersucht und seinen Tod festgestellt, ich bin ja Mediziner. Aufgrund seiner Körpertemperatur kann ich sagen, dass er zum Zeitpunkt seiner Entdeckung ungefähr zwei Stunden tot war. Er wurde also zwischen 12:30 Uhr und 13:00 Uhr ermordet, da bin ich sicher.«

»Und wie kam der Täter hier ins Penthaus?«

»Ich selbst habe die Tür aufgeschlossen, als wir hier ankamen. Ich wunderte mich, dass die Tür nicht abgeschlossen war. Wir vermuteten daher, dass Günther in der Wohnung sein müsse. Das bestätigte sich ja dann, als wir seine Leiche fanden. Wie der Täter hier hineinkommen konnte, das ist mir völlig schleierhaft.«

»Haben sie eine Vermutung?«, Helga wandte sich an Kai und Manuel.

Kai sagte: »Vom Treppenhaus aus gibt es nur die Möglichkeit, durch die Tür zu kommen. Also musste der Kerl einen Schlüssel haben.«

»Vielleicht war es gar kein Kerl, sondern eine Kerlin, also eine Frau, ist doch auch möglich. Oder?«, Markus schaute fragend in die Runde.

Manuel antwortete: »Eine Frau ersticht doch einen Mann nicht mit einem Messer. Frauen würden doch eher zu Gift greifen.«

»Herr Wallmann, das stimmt so nicht«, Markus hakte sofort ein, »Gift als Mordwaffe hat sich ziemlich überlebt. Es gibt viele Fälle, in denen Frauen mit einem Messer töten. Wir werden in alle Richtungen ermitteln.«

»Kann jemand an der Fassade des Hauses hochgeklettert und dann hier bei uns eingedrungen sein?«, wollte Manuel wissen.

»Das glaube ich nicht, er hätte ja von der Terrasse in das Gebäude eindringen müssen. Spuren von gewalttätigem Eindringen wurden nicht entdeckt. Möglich wäre allerdings, dass Günther Kallenbach den Täter selbst ins Penthaus hereinließ. Ich denke, das werden wir noch herausfinden. Ich glaube allerdings eher, dass der Täter oder die Täterin einen Schlüssel zum Penthaus hatte. So, ich denke, wir sind hier erst einmal fertig. Helga, komm, wir gehen.«

»Eine Frage noch«, Kai wirkte etwas unruhig, »haben wir uns denn strafbar gemacht?«

Markus schaute die Männer an und sagte:

»Ich gehe davon aus, dass sie sich schuldig gemacht haben. Da gibt es den § 258 StGB, der handelt von der Vereitelung von Strafen und der Vereitelung einer Strafverfolgung. Und hinzu kommt die Störung der Totenruhe. Das ist der § 168 StGB. Wir müssen in jedem Fall der Staatsanwaltschaft, die uns bekannten Fakten vorlegen und die entscheidet, welche Anklage sie gegen sie erheben wird. Über das Strafmaß, welches sie zu erwarten haben, kann ich nichts sagen. Aber da bei ihnen keine Fluchtgefahr vorliegt, bleiben sie erst einmal auf freiem Fuß.«

»Ich glaube«, schaltete sich Helga ein, »dass es nicht zu einer Freiheitsstrafe, sondern zu Geldstrafen kommen wird. Aber das müssen sie abwarten. Wann beabsichtigen sie abzureisen?«

»Also ich möchte heim zu meiner Frau, möglichst bald. Ich würde gern morgen früh zurückfliegen. Manuel, Kai, wie ist das bei euch?«

»In jedem Fall, morgen früh ist gut«, Kai stimmte seinem Vorredner zu und auch Manuel schloss sich an.

Markus sagte:

»Vielleicht können wir uns darauf einigen, dass sie frühestens am Dienstag abreisen. Bis dahin werden wir noch ermitteln und falls wir Fragen haben, benötigen wir noch ihre Anwesenheit. Wir rufen sie an. Wie schnell können sie dann ihre Abreise organisieren?«

»Ich denke das geht schnell, eine Pferdetaxe zum Flugplatz bekommen wir sofort und das mit den Flugformalitäten ist auch unkompliziert. Das können wir so machen. Ich möchte mich noch einmal für den Mist, den wir verzapft haben, bei ihnen entschuldigen. Bitte glauben Sie uns, wir sind nicht kriminell.«

»Herr Plaumann, das ist mir inzwischen klar. Hätten sie sich von Anfang an richtig verhalten, hätten sie mit uns keinen Ärger bekommen. Wir verabschieden uns jetzt, sie hören von uns.«

Helga ergänzte: »Alles Gute auch von mir. Auf Wiedersehen.«

Sonntag, 19.07. - Neue Ermittlungen

Markus, Helga, Hanke und Eike saßen in der Polizeistation und werteten die neuen Fakten vom Vortag aus. Zuerst berichtete Hanke vom Auffinden der Leiche am Strand.

»Ein Ehepaar ging am Strand spazieren. So wie viele laufen, mit den Füßen am Rande des Wassers. Plötzlich bemerkten sie einen menschlichen Körper, der in den Wellen schaukelte.

Sie vermuteten, dass der Mann ertrinken würde, zogen ihn an Land und bemerkten dann erst, dass er bereits tot war. Sie haben uns sofort per Handy verständigt. Wir haben die Feuerwehr zu Hilfe gerufen und sind mit denen an den Fundort gefahren. Der Fundort war unterhalb vom Café Wilhelmshöhe. Die Leiche haben wir geborgen und nach Anweisung von Markus sofort zur Gerichtsmedizin fliegen lassen. Das ging alles sehr schnell, weil der Hubschrauber sich gerade in Norden befand. Der war schnell hier und hat den Toten zur Rechtsmedizin in Oldenburg geflogen. Und was war bei Euch?«

Helga fasste die ganze Story zusammen. Günther Kallenbach wurde erstochen, seine Freunde fürchteten, mit ihrem Liebesnest aufzufliegen und es gab Versuche, die Leiche loszuwerden und schließlich wurde sie vom Flugzeug aus ins Meer geworfen.

Eike Haferland, der Leiter der Polizeistation auf Juist, war außer sich:

»So etwas habe ich ja noch nie gehört. Ich glaube, du kannst 1000 Jahre bei der Polizei sein, es gibt immer noch

Sachen, die hast du noch nicht erlebt. Das sind vielleicht ein paar Idioten, man oh Mann.«

»Wir müssen jetzt herausfinden, erstens, wo sind die beiden Ehefrauen Inge Dachhauser und Renate Kallenbach? Wo wohnen sie hier auf Juist und kommen sie für die Taten im Zusammenhang mit Walter und Günther infrage? Zweitens. Der Anschlag mit den Baseballschlägern auf Professor Plaumann vor ungefähr sechs Jahren, sind die verurteilten Täter noch in Haft? Gibt es weitere Verwandte zu der verstorbenen Patientin des Herrn Plaumann?«

»Ich mache das«, meldete sich Hanke, »ich kümmere ich um den Fall Plaumann.«

Markus bedankte sich bei Hanke und fragte:

»Haben wir die Anschrift der Unterkunft von Inge Dachhauser? Wo wohnt die hier auf Juist?«

Helga meldete sich:

»Die habe ich mir damals notiert, einen Moment«, sie blätterte in ihren Notizen, »hier habe ich die Anschrift. Das ist die Pension ‚Zauberland' in der Dellertstraße.«

»Ich schlage vor, wir gehen zu der Frau Dachhauser und befragen die noch einmal.«

»Moment, wir können dort erst einmal anrufen«, Eike griff zum Telefon, schaute dabei auf die Notizen und wählte die Nummer der Pension Zauberland.

»Hier ist Haferland, Polizeistation Juist. Ich möchte gern Frau Dachhauser sprechen.«

Dann war einen Moment Pause und als Frau Dachhauser offensichtlich am Telefon war, fragte Eike:

»Frau Dachhauser, wie hätten sie gern noch einmal gesprochen.«

Eike legte den Hörer auf und verkündete:

»Frau Dachhauser ist auf dem Weg hierher.«

In diesem Augenblick kam Hanke herein und erzählte, er hätte die Handynummer von Frau Kallenbach versucht zu erreichen. Aber niemand wäre rangegangen. Als er es kurze Zeit später wieder versuchte, wäre der Anschluss besetzt gewesen.

»Ich schlage vor, wir versuchen das Handy von ihr zu orten, dann wissen wir, wo sie sich aufhält«, schlug Markus vor.

Hanke zweifelte: »Dürfen wir das ohne Einwilligung von Frau Kallenbach machen?«

Doch Markus antwortete:

»Die Polizei darf ein Handy auch ohne Einwilligung orten, wenn es dem Auffinden von Vermissten, der Verfolgung von Straftaten oder Abwehr von Gefahren für Leib oder Leben dient. Und genau das liegt vor.«

»Wie genau geht das?«, wollte Hanke wissen.

»Wir müssen dazu den Provider vom Handy der Frau Kallenbach kontaktieren, dann senden wir eine sogenannte ‚stille SMS' an die Rufnummer. Frau Kallenbach bekommt davon nichts mit, aber der Provider informiert uns, in welcher Funkzelle Frau Kallenbach eingebucht ist. Wir wissen dadurch, ob sich die Gesuchte hier auf Juist aufhält. Ich werde uns aber eine Einwilligung über den Staatsanwalt besorgen, dann können wir sogar den ‚Imsi-Catcher' benutzen und wir können Frau Kallenbach ziemlich exakt orten. Ich kümmere mich darum.«

Markus stand auf und ging in den Nebenraum und das Notwendige zu veranlassen.

Etwa zwanzig Minuten später stand Frau Dachhauser in der Polizeistation. Helga nahm sich ihrer an und im Vernehmungsraum erklärte sie, um was es ging.

»Frau Dachhauser, bei unserem ersten Gespräch haben sie uns erzählt, dass sie am Mittwoch, 15.07. hier auf Juist angereist sind. Stimmt das?«

Inge Dachhauser nickte:

»Das ist richtig. Am Mittwoch, so um 11 Uhr traf meine Fähre hier ein, die Schnellfähre, mit der kam ich. Aber das hatten wir doch schon, glauben sie mir nicht?«

»Bitte beantworten Sie meine Fragen, auch wenn Sie überzeugt sind, dass sie die alle schon beantwortet haben. Ich werde es ihnen später erklären, warum ich das eine oder andere noch einmal fragen muss. Nachdem sie hier eingetroffen waren, sind sie zunächst in ihre Unterkunft gegangen und dann mit dem Fahrrad zu, Flugplatz gefahren. Richtig?«

»Ja, ich wollte die Mistkerle mit ihren Huren fotografieren.«

»Haben sie die Fotos noch?«

»Ja natürlich, die möchte ich in jedem Fall aufheben.«

»Frau Dachhauser, bitte zeigen Sie mir die Bilder. Ich vermute, sie haben mit ihrem Handy fotografiert.«

»Muss ich ihnen die Bilder zeigen? Das ist doch meine Privatsache.«

»Die Bilder sind natürlich ihre Privatsache. Die sollen sie auch behalten. Ich möchte nur das Datum der Fotos erkennen können. Das wäre sehr wichtig.«

Etwas widerwillig zog Inge Dachhauser das Handy aus ihrer Handtasche.

»Ist das okay, wenn ich ihnen Bilder zur Auswahl vorlege? Da sind auch Fotos, die sie nichts angehen.«

Helga stimmte zu und Inge Dachhauser öffnete ihre Foto-App und zeigte die Fotos.

Helga schaute auf das Erstellungsdatum und sah, dass die Bilder alle am 15.07. zwischen 13:50 und 14:15 Uhr aufgenommen wurden.

»Halt!«, Helga hatte etwas entdeckt, »da haben sie ja sogar ein Selfie von sich gemacht und im Hintergrund kann man sogar ihren Mann Walter erkennen.«

»Ja und? Ist das etwa verboten, das mit dem Selfie?«

»Nein, im Gegenteil, das ist ausgezeichnet, dass sie das Bild gemacht haben. Das Foto benötigen wir unbedingt. Das ist ein Beweismittel.«

»Beweismittel? Was muss ich jetzt schon wieder beweisen?«

»Es ist ein Beweis für ihr Alibi. Zu dem Zeitpunkt, an dem sie das Selfie machten, geschah ein Mord. Und wir hatten zunächst aus bestimmten Gründen den Verdacht, dass sie als Täterin infrage kommen könnten. Das Foto entlastet sie eindeutig.«

Inge Dachhauser schaute ungläubig. »Ein Mord? Wer ist denn ermordet worden?«

»Das darf ich ihnen im Augenblick noch nicht sagen, aber wenn wir noch ein paar andere Punkte geklärt haben, werden wir sie gern weitergehend informieren.«

»Okay, das Foto können sie haben. Wie mache ich das jetzt, dass sie das bekommen?«

»Ich zeige es ihnen gern, ich helfe ihnen dabei, dann können sie mir das Bild auf mein Handy übertragen. Das machen wir mit Air-Drop.«

Mit wenigen Handgriffen war das erledigt und Inge Dachhauser wollte sich von Helga verabschieden.

»Da gibt es noch etwas, wir möchten von ihnen wissen, wo sich Renate Kallenbach aufhält. Bitte helfen Sie uns.«

»Renate Kallenbach? Die Frau von dem Günther?«

Helga nickte, »Genau die meine ich.«

»Das weiß ich doch nicht. Fragen sie doch den Günther, der ist doch auch hier, oder rufen sie bei seiner Frau daheim an.«

»Sie wissen also nicht, wo sich Frau Kallenbach aufhält?«

»Nein, die interessiert mich auch nicht, mit der habe ich mich einmal verkracht, seitdem habe ich noch nicht wieder mit der geredet.«

»Um was ging es denn bei dem Krach?«

»Die Kallenbach ist über mich hergezogen und hat gesagt, wenn sie der Walter wäre, hätte sie mich auch verlassen.«

»Das ist keine schöne Aussage, darüber waren sie sicher sehr sauer.«

Die Tür ging auf und Markus kam herein. Er schaute von Helga zur Inge Dachhauser und wieder zurück.

»Hast du alles klären können, was wir wissen wollten?«, fragte er seine Kollegin.

Helga öffnete ihr Smartphone und zeigte ihm das Selfie von Frau Dachhauser.

»Schau dir das bitte an. Achte auf das Erstellungsdatum.«

Markus versuchte zu erkennen, was das Foto aussagen sollte.

»Das ist ja interessant, das Bild entstand an dem bewussten Mittwoch um 14:07 Uhr.«

»Und Frau Dachhauser hat mir gerade erzählt, dass sie keinen Kontakt zu Frau Kallenbach mehr hat, die beiden haben sich verkracht.«

»Verkracht?«, Inge Dachhauser reagierte empört, »die ist über mich hergezogen und hat mich schlechtgemacht. Mit der rede ich nicht mehr.«

»Vielen Dank Frau Dachhauser, wir sind dank ihrer Hilfe ein Stück weitergekommen. Wir wünschen Ihnen alles Gute. Auf Wiedersehen.«

Helga und Markus verabschiedeten sich.

»Und ich war auch erfolgreich, liebe Kollegin. Ich habe Frau Kallenbach ausfindig gemacht. Sie hat bei der Bezahlung des Gästebeitrags freiwillig die Adresse ihres Hotels hinterlassen. Wir müssen nur noch ein Gespräch mit ihr führen. Die Ortung ihres Handys ergab, dass sie tatsächlich hier auf Juist ist und dann hat Eike Kontakt zur Kurverwaltung aufgenommen. Hätte sie ihre Adresse nicht freiwillig angegeben, würden wir jetzt noch nach ihr suchen müssen.«

»Bald haben wir alle Mosaiksteinchen beisammen«, Helga wirkte sehr zuversichtlich.

Markus schaute seine Kollegin an und sagte:

»Wir haben beide etwas übersehen. Der Erpresser am Telefon fordert 400.000 Euro und im Brief, der in dem Paket lag, wird eine Million gefordert. Was schließt du daraus?«

»Das könnte bedeuten, es handelt sich um zwei verschiedene Erpresser. Meinst du, das wäre realistisch? Ich habe da so meine Zweifel.«

Markus stimmte zu:

»Ja, das sehe ich auch so. Dass ein Mann zur selben Zeit von zwei verschiedenen Tätern erpresst wird, habe ich noch nie gehört.«

»Wir sollten den Gedanken allerdings auch nicht aus den Augen verlieren. Verbrechen sind doch immer individuell. Wie sagte Eike, du kannst 1000 Jahre bei der Polizei sein, es passieren immer noch Dinge, die hast du noch nicht erlebt.«

Kurt ist unterwegs

Kurt rief bei seiner Schwester Helene an:
»Ich habe mit Bremen, mit dem Elektronik-Laden telefoniert, wir müssen das Ganze um einen Tag verschieben. Ich fahre morgen dahin, kann aber erst Montag in den Laden, kaufe dann die Drohne und bin am Dienstag wieder da, nur damit du Bescheid weißt.«

»Und wann rufst du den Plaumann an?«

»Am Montag, wenn ich alles vom Termin her, überblicken kann. Ich bin allerdings schon unterwegs und kurz vor Oldenburg. Ich nehme mir ein Zimmer und übernachte hier.«

»Da fällt mir noch etwas ein. Was ist denn eigentlich mit deinem Knastbruder Pit? Hast du von dem noch etwas gehört?«

»Nein, gehört und gesehen habe ich nichts von dem. Aber, so wie ich den einschätze, der wird nicht aufgeben. Der meldet sich bestimmt noch mal bei mir.«

»Hältst du den für gefährlich? Auf mich wirkt der sehr gewalttätig.«

»Ich denke, das ist der auch. Der war auch damals im Knast schon sehr aggressiv und hat sich oft mit anderen geprügelt.«

»Ehrlich gesagt, ich habe Angst vor dem Heini. Ich hoffe sehr, dass der mich hier auf Juist nicht sucht und findet. Er hat ja, als wir ihn trafen, ein paar anzügliche Bemerkungen mir gegenüber gemacht.«

»Ich kann gut verstehen, dass du Angst vor dem hast. Ich glaube aber, dass der von dir nichts will. Der will etwas von mir. Der möchte etwas von der Kohle abbekommen, darum wird der höchstens nach mir suchen.«

»Na hoffentlich. Beeil dich. Komm bald wieder zurück.«

»Ich mache das. Muss jetzt auch weiter, muss mir noch ein Zimmer suchen. Ich habe es mir überlegt, ich rufe den Plaumann doch gleich noch an.«

»Gut, dann wünsche ich dir eine gute Fahrt, viel Erfolg und komm gut wieder her, zurück nach Juist.«

Der Kurt ist mir zu sprunghaft, dachte Helene. Ich fühle mich dabei nicht wohl. Das ist alles nicht richtig durchdacht.

Die Erpressung

Wolfgangs Handy klingelte. Die Nummer des Anrufers war unterdrückt. Er wollte zunächst den Anruf nicht annehmen, doch dann erinnerte er sich an die Ratschläge von Markus, schaltete das bereitliegende Smartphone von Manuel auf Diktierfunktion. Er nahm den Anruf entgegen und achtete darauf, dass die Mithör-Funktion seines Gerätes eingeschaltet war.

»Plaumann«

»Hast du die Kohle besorgt?«

Wolfgang stellte sich dumm. »Welche Kohle meinen sie?«

»Bin ich nicht der Einzige, der bei dir abkassieren will? Hast du noch mehr Dreck am Stecken? Du weißt genau, um was es geht. 400.000 Euro. Du weißt schon Bescheid. Oder?«

»Hatten sie neulich angerufen und 400.000 Euro haben wollen? Waren sie das?«

»Hör auf, mich verarschen zu wollen. Ich will dir jetzt erklären, wie du mir das Geld geben wirst.«

»Moment, so schnell geht das nicht. Ich kann doch diese Riesensumme nicht einfach aus dem Geldausgabeautomaten holen. So viel Geld habe ich auch nicht in bar bei mir. Außerdem, es ist Sonntag. Um so viel Geld aufzutreiben, benötige ich mindestens zehn Tage.«

»Zehn Tage? Du spinnst wohl. Ich gebe dir genau zwei Tage, wenn du das Geld dann nicht hast, wird es wieder knallen und dann schieße ich nicht auf die Beine. Ich lege einen anderen Kumpel von dir um. Du kommst erst zum

Schluss dran, dich brauche ich noch. Von dir will ich ja das Geld. Zwei Tage, keinen Tag länger. Ich melde mich wieder.«

Der Anrufer beendete das Gespräch.

Wolfgang suchte nach der Visitenkarte von Markus Niemand und rief ihn an.

»Hallo Herr Niemand. Der Erpresser rief an und forderte 400.000 Euro. Er hat mir zwei Tage Zeit gegeben, die Summe zu beschaffen. Wenn das nicht klappt, drohte er damit, auf einen von meinen Freunden zu schießen. Ich wäre als letzter dran, weil ich ja das Geld besorgen muss.«

»Haben sie das Gespräch aufgezeichnet?«

»Ja, habe ich. Und ich hatte diese App installiert. Wie hieß sie noch? Etwas mit ‚Truescall', sie wissen schon.«

»Hat das funktioniert?«

»Ja, es hat geklappt. Ich habe die Nummer von dem, obwohl er die unterdrückt hatte.«

»Bitte geben Sie mir die Nummer.«

Wolfgang gab die Telefonnummer durch, die ihm sein Handy zeigte und Markus bedankte sich für den Anruf.

Licht am Ende des Tunnels

Hanke kam triumphierend aus seinem Zimmer und winkte mit einem Blatt Papier:

»Setzt euch und haltet euch fest. Hier kommt der Hammer. Ich hatte mich um die Täter gekümmert, die 2014 den Professor Plaumann mit Baseballschlägern traktiert haben. Die beiden heißen Konrad Krautmann, das ist der Ältere, der wurde zu sechs Jahren und vier Monaten und Kurt Krautmann, der Jüngere wurde zu vier Jahren Gefängnis verurteilt. Kurt Krautmann wurde Anfang Juli vorzeitig aus der Haft entlassen. Und jetzt schaut mal hier auf die Liste der Swinger. Da stehen ja alle Namen der Männer und deren Ehepartner darauf. Außerdem sind die Namen und Adressen der Freundinnen notiert. Und bei diesen Namen fällt etwas Interessantes auf. Schaut bitte mal selbst.«

Hanke legte die Namensliste auf den Tisch. Alle bemühten sich zu entdecken, was Hanke gemeint haben könnte.

Helga meldete sich als Erste:

»Schau an, Helene Krautmann. Das ist ja der Clou.«

»Die schöne Helene, das ist doch die Geliebte von Walter Kallenbach«, Markus war wie elektrisiert, »die war doch hier mit im Penthaus und reiste ab. Aber nicht mit dem Flieger vom Plaumann, sondern auf eigene Faust. Angeblich mit der Fähre. Wie passt das alles jetzt mit unserem Fall zusammen?«

Markus dachte nach, doch wieder kam ihm Helga zuvor:

»Ich glaube nicht, dass sie auf Walter geschossen hat. Das hätte sie anders haben können. Wir müssen herausfinden, ob Helene immer noch hier auf Juist ist und wir müssen ihren Bruder, den Kurt, finden. Einer von beiden oder sogar beide sind in den Fall verwickelt, da bin ich mir sicher. Vielleicht hatte Helene etwas herausgefunden und versucht daraus Kapital zu schlagen und erpresst den Plaumann. Wir werden sehen.«

»Wir haben doch ihre Handynummer auf der Liste stehen. Wir könnten die Nummer orten lassen, dann wissen wir, wo sie steckt.«

Eike meinte:

»Ich kümmere mich darum. Und ihr zwei hört mal zu. Ihr habt bisher viel gearbeitet, ich finde, mehr als rund um die Uhr, ist zu viel. Wollt ihr nicht mal eine Pause machen? Geht doch mal an den Strand, legt euch in die Sonne. Genießt doch mal etwas vom Töwerland.«

»Die Idee klingt gut. Helga, wir wollten doch mal zur Domäne Bill fahren. Und etwas Bewegung auf dem Fahrrad täte uns beiden gut.«

Es dauerte nicht lange und die beiden Kollegen strampelten die Billstraße entlang, Richtung Loog.

Neues von Helene

Helene hatte lang geschlafen. Als sie erwachte, kam ihr die Idee, heute im Bett zu frühstücken. Sie war eine typische Kaffeetrinkerin und konnte sich mit dem ostfriesischen Tee nicht anfreunden. Sie schwang sich aus dem Bett und nutzte die Kaffeemaschine, die in ihrem Zimmer bereitstand. So war es einfach, sich selbst einen Cappuccino zu produzieren. Zwei Brötchen hatte sie auch schnell aufgebacken. Die Brötchenhälften schmierte sie mit Butter und Himbeermarmelade und servierte sich das Frühstück selbst auf einem Betttablett. Nachdem sie sich mit Kissen eine Rückenstütze gebaut hatte, genoss sie es im Bett zu sitzen und sich mit ihrem Frühstück zu verwöhnen.

Sie hatte gerade in die zweite Brötchenhälfte gebissen, als auf ihrer Nachttischkommode ihr Handy klingelte. Das Klingeln war dermaßen laut, dass sie fürchterlich erschrak und als sie sich zu dem Störenfried umdrehte, kippte das Betttablett um. Der Kaffee ergoss sich über die Bettdecke und zwei Brötchen landeten mit der Marmeladenseite auf dem Bettlaken.

Die gute Laune war dahin, zumal sie feststellte, dass ein offensichtlich unbekannter, anonymer Anrufer, das Telefonat bereits wieder beendet hatte.

Die Lust auf das Frühstück war verflogen. Sie räumte den Schmutz auf, säuberte provisorisch das Bett und ging dann unter die Dusche. Als sie sich dann mit Shorts und einer luftigen Bluse vor dem Spiegel betrachtete, musste sie über ihr Missgeschick schon wieder schmunzeln.

Helene verließ ihre Pension und spazierte Richtung Strandpromenade. Die frische Luft, das Kreischen der Möwen, das Rauschen der Nordsee und der Salzgeschmack auf den Lippen, ein purer Genuss. Sie wandte ihre Schritte in Richtung Loog. Bevor die Strandpromenade in den Schoolpad mündete, bog sie ab und ging zum Strand hinunter. Sie erreichte Steimers Strandbar und als sie sich einen Drink holen wollte, stellte sie fest, dass die Strandbar erst um 12 Uhr öffnen würde. Helene schaute auf ihre Armbanduhr. Sie hatte noch etwas mehr als eine Stunde Zeit. Also mietete sie sich einen Liegestuhl, platzierte den etwas Abseits Richtung Dünen und legte sich in die Sonne. Durch den kühlenden Wind spürte sie nicht, welche Kraft die Sonne hatte.

Bald schlief sie ein. Erneut war es ihr Handy, dass sie aus allen Träumen riss.

Es war Kurt.

»Na du, wo steckst du und was machst du?«

»Ich bin in Bremen. Gestern Abend habe ich ein paar Glas zu viel getrunken und wollte eigentlich bis mittags pennen. Weißt du, was gerade passiert ist? Der Pit, der Typ, der uns neulich abends in der Kneipe besuchte, hat meine Handynummer herausbekommen. Ich weiß auch nicht, wie und woher. Er rief mich an und hat mir klargemacht, dass er mich kalt machen will, wenn ich ihm nichts von der Kohle abgebe. Er will die Hälfte und meint, das wäre doch nur fair.«

»Wie kommt der eigentlich dazu, von dir Geld zu verlangen, er hat doch mit der ganzen Geschichte nichts zu tun?«

»Na ja«, Kurt druckste etwas herum, »die Idee mit der Drohne, dass man damit Geld unbemerkt abkassieren kann, die kam von ihm.«

»Und du hast ihm im Knast auch großzügig Zusagen gemacht? Ich fasse es nicht.«

»Ich habe ja nicht gedacht, dass aus unserer Spinnerei im Knast, wirklich etwas werden kann.«

»Woher weiß er überhaupt, dass du hier auf Juist bist?«

»Ich habe ihn, zwei Tage bevor ich herkam, in einer Kneipe in der Altstadt in Düsseldorf getroffen. Wir haben ein paar Alt getrunken und da habe ich ihm gesagt, dass ich nach Juist fahren werde. Da hat er sich wohl seinen Teil gedacht.«

»Oh mein Gott, woher wusste er, dass du hier Geld kassieren wolltest? Hast du darüber etwa gequatscht?«

»Ja, habe ich. Ich hatte mich so gefreut, dass wir den Plaumann endlich ausnehmen können und in meiner Freude und nach ein paar Glas Alt …«

»Du bist wirklich einfach dämlich. Was willst du denn jetzt machen?«

»Wir ziehen das Ding durch, wie geplant. Wenn wir die Kohle haben, setzen wir beide uns ab und der Pit, findet und nie wieder.«

»Wann bist du wieder zurück hier auf der Insel?«

»Morgen früh bekomme ich die Drohne und dann fahre ich zurück. Morgen, Nachmittag oder abends. Je nachdem, welche Fähre ich bekomme.«

»Okay, tschüss, bis morgen.«

Helene stand auf und sah, dass die Strandbar von Thommy Steimer geöffnet hatte. Sie ging hinüber, kaufte sich einen Spritz und setzte sich in die offenen Strandkörbe in der Strandbar. Immer wieder ging ihr das Gespräch mit Kurt durch den Kopf und ihr Ärger über den Bruder, der seine Klappe nicht halten konnte, wurde langsam größer. Sie fragte sich, wie viele Gläser Spritz sie trinken müsse, damit es ihr wieder besser gehen würde?

Rosinenstuten

Helga hatte sich ihren Rosinenstuten mit Butter und Erdbeermarmelade geordert. Markus, der an der Essensausgabe direkt hinter ihr stand, war davon sofort überzeugt und orderte das Gleiche. Sie fanden einen Platz an der frischen Luft und genossen den Wind, die Sonne und den leckersten Rosinenstuten der Welt.

»Heute werde ich keine Suppe mehr essen. Obwohl die auch wunderbar war, beim letzten Mal. Ich habe heute Abend für uns zwei Hübschen einen Tisch in der Juister Auster bestellt.«

»Bis dahin ist ja noch viel Zeit«, sie schaute auf die Uhr, »dreizehn Uhr. Noch hält sich der Betrieb hier in Grenzen, aber in einer Stunde geht der große Run hier los. Wenn du Appetit hast, hol dir doch wieder eine Erbsensuppe.«

»Danke, mein Schatz, aber ich möchte wirklich nichts mehr. Der Rosinenstuten war super, der Tee hat mir geschmeckt. Es gibt eben drei Dinge im Leben. Essen und Trinken.«

Helga lachte: »Na, das Dritte, nämlich Sex, das bekommst du hier draußen bestimmt nicht.«

»Es war nur ein dummer Spruch von mir. Mir geht unser Fall nicht aus dem Kopf. Ich denke ständig darüber nach. Lass uns hier noch ein Stück Richtung Westen, bis zum Ende der Insel laufen. Vielleicht bläst mir ja der Wind hier draußen meinen Kopf frei. Komm.«

Helga fand den Vorschlag auch gut, stand auf, folgte ihrem Kollegen und sagte:

»Lass uns nach Norden, direkt an die Nordsee gehen. Da ist es auch wunderschön.«

Helga ging voraus und zeigte Markus den Weg.

Als sie den Strand erreichten, setzten sie sich in den Sand und sagten kein Wort. Beide spürten, ohne miteinander zu reden, wie gut ihnen die Pause, der Ausflug zur Domäne Bill tat.

Markus legte sich in den Sand und schloss die Augen. Helga ließ ihn entspannen.

Nach einer halben Stunde öffnete er die Augen, blickte sich nach seiner Kollegin um und fragte:

»Geht's dir gut?«

»Sehr gut«, sagte Helga, »ich könnte hier noch ewig sitzen bleiben und träumen.«

»Aber wir sollten trotzdem aufbrechen. Wir könnten kurz nach fünfzehn Uhr wieder in der Polizeistation sein. Wollen wir?«

»Wir müssen«, entgegnete Helga, »und ich will auch. Wer weiß, was inzwischen alles passiert ist.«

Günthers Witwe

Die Tür zur Polizeistation öffnete sich und eine Frau kam herein.

»Guten Tag, mein Name ist Kallenbach. Man hat mir erzählt, dass sie mich suchen.«

Hanke war etwas irritiert, denn er hatte nicht sofort geschaltet.

»Wer sucht sie und warum?«, fragte er.

»Das weiß ich doch nicht. Meine Haushälterin erzählte mir am Telefon, sie hätten von hier aus angerufen und jemand hätte nach mir gefragt.«

Inzwischen war bei Hanke der Groschen gefallen.

»Ja, jetzt weiß ich, wer sie sind. Bitte, kommen sie mit.«

Hanke führte Renate Kallenbach in das Besprechungszimmer.

»Bitte nehmen Sie Platz. Ich hole ihnen den richtigen Gesprächspartner, einen kleinen Moment bitte.«

Unmittelbar danach kam er mit Markus zurück, den er aus dem Nachbarzimmer geholt hatte.

Markus stellte sich vor:

»Ich bin Markus Niemand und das«, er zeigte auf seine Kollegin, die gerade hereinkam, »meine Kollegin Helga Weilburger. Wir sind von der Kripo, Polizeiinspektion Aurich/Wittmund.«

»Mein Name ist Renate Kallenbach, ich komme aus Düsseldorf. Meine Haushälterin erzählte mir, ich würde von ihnen gesucht. Stimmt das?«

»Frau Kallenbach, sie sind verheiratet und ihr Mann heißt Günther, ist das soweit richtig?«

»Was hat er wieder angestellt?« wollte Renate Kallenbach wissen.

»Frau Kallenbach, ihr Mann Günther ist tot.«

»Tot? Wieso das denn? Hatte er einen Unfall?«

Renate Kallenbach sagte zunächst nichts weiter und wirkte relativ gefasst. Dann schluchzte sie zunächst und fing an, leise zu weinen.

Markus und Helga hatten solche Situationen leider schon zu oft erlebt und warteten zunächst ab, bis Frau Kallenbach schließlich ihre Frage wiederholte:

»Was ist denn passiert? Hatte er einen Unfall?«

»Nein«, Helga sprach weiter, »ihr Mann wurde getötet. Wir wissen im Augenblick auch nicht viel mehr. Deshalb ist es gut, dass wir miteinander reden können.«

Nachdem Frau Kallenbach von der Tötung erfahren hatte, weinte sie laut und Tränen liefen über ihr Gesicht. Helga reichte ihr ein paar Papiertaschentücher.

Renate Kallenbach bedankte sich und hörte auf zu weinen.

Helga fragte: »Benötigen sie Hilfe? Einen Arzt oder einen Seelsorger?«

»Nein.«

Markus versuchte ihr die Situation zu erklären, und sagte:

»Ihr Mann wollte sich mit seinen Freunden zum Golfspielen hier auf Juist treffen. Er hatte vorher geschäftlich in Berlin zu tun. Danach kam er hier auf Juist vor den anderen an und übernachtete in dem Penthaus, das dem Professor Plaumann gehört. Als die Gruppe am frühen Nachmittag, das Penthaus erreichte, fanden sie ihren Mann tot im Penthaus. Er wurde erstochen.«

Renate Kallenbach schwieg ein paar Sekunden lang und antwortete dann:

»Wahrscheinlich wissen sie so gut wie ich, dass die Herren nicht zum Golfspielen nach Juist kommen. Das ist nur ein Vorwand, eine Tarnung. In erster Linie kommen sie her, um sich eine Woche lang mit irgendwelchen Frauen sexuell zu vergnügen. Das weiß ich schon lange. Günther hat auch nie versucht, seine Affären vor mir zu verbergen. Aktuell hat er anscheinend wieder eine neue Beziehung. Ich weiß allerdings nicht mehr, nur, dass es sich auch um eine verheiratete Frau handeln soll.«

»Woher wissen sie das?«

»Wenn ein Mann häufig fremdgeht, wird er im Laufe der Zeit immer unvorsichtiger. Zunächst versucht er das raffiniert zu verbergen, später achtet er weniger darauf. So ist es auch, oder besser gesagt, war es auch mit Günther. Sein Verhalten ließ klar erkennen, wenn er wieder eine Neue hatte. Und auch andere, die ihn kannten, haben das an ihm feststellen können. Eine Freundin von mir hatte ihn in Begleitung einer Frau gesehen. Die beiden turtelten miteinander und meine Freundin kannte seine Begleiterin. Von ihr erfuhr ich also, dass sie verheiratet war. Ich habe aber gar nicht mehr wissen wollen, auch nicht den Namen der Frau. Das interessierte mich alles nicht.«

»Haben sie Kinder?«, wollte Helga wissen.

»Nein, wir haben keine Kinder. Leider. Ich hätte mir Kinder gewünscht, aber es hat bei uns nicht geklappt.«

»Offensichtlich haben sie die Affären ihres Mannes, einfach so hingenommen. Oder war das nicht so?«

»Natürlich war ich nicht damit einverstanden, dass Günther eine Affäre nach der anderen hatte. Aber Günther war ansonsten ein wunderbarer Ehemann. Er war zwar nicht treu, aber zu mir war er immer zuvorkommend, freundlich und auch zärtlich. Letztlich haben wir uns auf diese Weise arrangiert, ich war schon eifersüchtig. Günther hat es aber immer verstanden, mich wieder aufzurichten und wenn er daheim war, war er ein guter Ehemann. Ich bin ziemlich sicher, dass er mich nie wegen einer anderen Frau verlassen hätte.«

»Kennen sie die anderen Männer aus der Clique?«

»Ja, die kenne ich. Nicht besonders gut, ich war nie dabei, wenn die alle mit ihren Frauen, ich meine mit den eigenen, gefeiert haben. Hier im Penthaus war ich auch noch nie. Andere Ehefrauen offensichtlich sehr wohl. Mich hatte Günther nie mitgenommen.«

Markus fragte:

»Wann sind sie hier auf Juist angereist?«

»Am Donnerstag, ich glaube, das war der 16. Juli. Ich fuhr mit dem Zug direkt bis Norddeich und bin dann mit der Fähre nach Juist gekommen. Gegen 15:30 Uhr waren wir hier.«

»Wieso wir? Wer war mit ihnen zusammen?«

»Niemand, mit wir meine ich die anderen Passagiere und mich der Fähre.«

Helga fragte:

»Frau Kallenbach, wissen sie, ob andere Ehefrauen oder Freundinnen der Clique auch hier auf Juist sind?«

»Nein, davon weiß ich nichts. Ich wusste nur, dass die Männer hier sind und ich kam her, nicht etwa um Günther oder die anderen zu beobachten. Nein, Günther hatte mir immer von der Insel Juist vorgeschwärmt und ich benötigte einfach etwas Ruhe und Entspannung. Ich wusste natürlich, dass wir beide zum gleichen Zeitpunkt auf der Insel sein würden. Ich glaube, Günther hätte es auch nicht gestört, wenn wir uns hier über den Weg gelaufen wären.«

»Wie hätten sie sich verhalten, hätten sie ihren Mann hier auf Juist mit einer anderen Frau getroffen?«

»Ich wäre wahrscheinlich schon eifersüchtig geworden, hätte es aber einstecken und nach außen verbergen können. Nach Möglichkeit hätte ich den Ort der Begegnung schnell wieder verlassen.«

»Kennen sie die Frau Dachhauser? Die Frau von Walter Dachhauser?«

»Ich kenne die Frau Dachhauser, aber nicht besonders gut. Einmal haben wir uns mal gezofft. Sie warf mir vor, ich hätte schlecht über sie geredet. Aber das ist eigentlich nicht mein Stil. Die interessiert mich auch nicht weiter.«

Markus sagte:

»Frau Kallenbach, das war es eigentlich. Haben sie noch Fragen an uns?«

»Ja, ich möchte wissen, wie es jetzt weitergeht? Ich muss mich ja um die Beerdigung von Günther kümmern.«

Helga erklärte:

»Da müssen wir sie noch ein wenig um Geduld bitten. Nach so einer Tötung wird der Leichnam von der Gerichtsmedizin untersucht. Bis der Körper ihres Mannes zur Bestattung freigegeben wird, können wir heute leider noch nicht sagen. Sie werden aber informiert, sowie die Ermittlungen abgeschlossen sind.«

Renate Kallenbach begann wieder leise zu weinen. Helga nahm sie in den Arm und spendete Trost, so gut es ging.

Als Frau Kallenbach die Polizeistation wieder verlassen hatte, sagte Markus zu Helga:

»Eine bemerkenswerte Frau, sie hat mich sehr beeindruckt.«

»Meinst du jetzt das Äußerliche, die Erscheinung oder meinst du ihre Einstellung zu den Affären ihres Mannes?«

Markus schmunzelte und antwortete:

»Liebste Helga, alles an ihr hat mir gefallen. Aber du weißt ja von uns beiden, ich kann auch platonisch lieben.«

»Ach du Ärmster. Du hast wohl sexuellen Notstand, oder?«

»Da sage ich jetzt nichts dazu. Aber etwas anderes wollte ich dir erzählen. Du kennst mich ja inzwischen und du weißt, dass mir oft passende und auch unpassende dumme Sprüche oder Witze durch den Kopf gehen.«

Helga nickte und fragte:

»Komm schon raus, bevor du platzt. Was ging diesmal in deinem Schädel vor?«

»Zwei Frauen unterhalten sich. Sagt die eine: ‚Ich suche den Mörder meines Mannes.' Fragte die andere: ‚Oh, ist ihr Mann ermordet worden?' ‚Nein, ich sagte doch, ich suche ihn noch.'«

Helga grinste: »Ja, den kenne ich, aber ich bin froh, dass du den für dich behalten hast, als Frau Kallenbach noch hier war.«

Ein alter Bekannter

Am Abend hatten sich Markus und Helga zum Essen verabredet. Sie hatten in der Juister Auster einen Tisch bestellt und hatten gerade Platz genommen und schauten in die Speisekarte, als ein Mann in Begleitung einer Frau das Restaurant betrat.

Helga stieß ihren Kollegen an und sagte:

»Schau mal, den Herren kennen wir doch.«

Markus schaute von der Speisekarte hoch und erwiderte:

»Ja, natürlich, das ist doch der Mann, dem bei unserem ersten Einsatz hier auf Juist das Boot gestohlen wurde.«

Markus lächelte und der Mann hatte die beiden Polizisten auch sofort erkannt. Er kam auf die beiden zu und sagte:

»Ich bin Gerd Rinderhagen. Wir haben uns kennengelernt, als vor einiger Zeit mein Schiff, die ‚Blue Devil' gestohlen wurde. Erinnern sie sich?«

»Natürlich, schön, sie wiederzusehen. Haben sie Lust, hier bei uns am Tisch Platz zu nehmen?«

»Gerne, ich habe eine alte Bekannte bei mir. Darf ich vorstellen, das ist Monika Sommer.«

Markus und Helga stellten sich ebenfalls vor und Gerd Rinderhagen fragte:

»Ermitteln sie hier in dem Penthaus-Fall? Da ist doch geschossen worden.«

»Ja, so ist es, aber wir sind noch nicht am Ende, der Fall ist ziemlich kompliziert.«

»Das kann ich mir gut vorstellen. Wissen Sie, hier auf Töwerland, spricht sich immer schnell herum, wenn ungewöhnliche Dinge passieren. Und eine Schießerei hat es auf Juist bisher noch nie gegeben. Also wird über die Geschichte viel erzählt.«

»Was wird denn so erzählt, hier auf der Insel?« Markus war neugierig geworden, doch Helga bremste ihn und sagte, »wollen wir nicht zuerst einmal etwas bestellen. Ich denke, wir haben alle Hunger. Oder?«

Markus und Helga bestellten sich eine Scholle mit Krabben, Monika Sommer wählte eine Seezunge und Gerd Rinderhagen erklärte:

»Für mich ist der leckerste Fisch immer noch ein Steak. Wissen Sie, ich esse hier auf Juist so viel Fisch. Doch hier bestelle ich mir sehr gerne ein schönes Filetsteak und das wird für mich hier sogar speziell zubereitet.«

Bei der Auswahl der Getränke waren sich alle einig, es musste ein Wein sein.

Nach dem Essen nahm Markus das Gespräch wieder auf und fragte:

»Mich interessiert, was hier auf Juist über die Schüsse im Penthaus erzählt wird.«

Gerd Rinderhagen musste lachen:

»Wenn jemand keine Informationen besitzt, ersetzt er gerne die ihm fehlenden Fakten durch bei ihm vorhandene Fantasie. Es gibt unter anderem Gerüchte, die entstehen, weil die Menschen auf etwas Positives hoffen. Im Fall der Schießerei habe ich zum Beispiel gehört, dass sie, die Polizei, schon diverse Verhaftungen vorgenommen hat. Wir Insulaner lieben unser Juist und wünschen uns paradiesische Zustände, also keine Kriminalität. Oder andere Gerüchte entstehen aus Hass oder Neid. Zum Beispiel sind nicht alle Juister begeistert von diesem Protz-Penthaus. Schuld hat dann der Professor Plaumann, der auch noch ein Flugzeug besitzt und da habe ich jetzt ganz aktuell gehört, dass zu dem Fall mit den Schüssen hinzukommt, dass der Professor Plaumann eine Leiche mit seinem Flugzeug abgeworfen haben soll. Da wurde doch gerade ein Toter am Strand, in der Nähe vom Café Wilhelmshöhe gefunden. Da werden eben schnell unterschiedliche Ereignisse zu einer Geschichte zusammengefasst.«

»Herr Rinderhagen, sind sie Psychologe? Haben sie Psychologie studiert?«

»Nein, ich habe zwei Appartementhäuser hier auf Juist und komme daher mit vielen Gästen Kontakt, aber, da ich hier auf Juist aufgewachsen bin, kenne ich natürlich die meisten Juister. Außerdem bin ich noch in der Politik tätig. Und das, was dort auf politischer Ebene passiert oder auch nicht passiert, wird fast immer von vielen Gerüchten begleitet. Seit Donald Trump nennt man das gerne auch Fake-News. Da der ja behauptet, dass die Wahl in den USA manipuliert worden sei, hört man in Deutschland vor Wahlen immer häufiger, dass unsere Wahlen beziehungsweise die Wahlergebnisse hier ebenfalls manipuliert werden. Und hier auf Juist ist es ganz genauso. Die Fake-News aus einem Ereignis werden auf andere Ereignisse übertragen.«

»Das haben sie wirklich wunderbar dargestellt.«

Helga fragte:

»Kennen sie eigentlich den Professor Plaumann?«

»Ja, den habe ich hier auf Juist bei diversen offiziellen Anlässen kennengelernt. Wir haben uns schon ein paar Mal unterhalten. Dabei ging es allerdings fast immer um politische Themen.«

Markus fragte weiter:

»Kennen sie auch die anderen Herren aus der Penthaus-Clique?«

»Nicht persönlich, die kenne ich nur vom Sehen und die sind ja nicht so häufig hier auf Juist, wie der Professor. Die Namen, der einzelnen, kenne ich allerdings nicht. Einen von der Gruppe habe ich zum Beispiel vor einer Woche gesehen, der zog in eine kleine Pension in meiner Nachbarschaft. Das wunderte mich und ich fragte mich, warum er nicht im Penthaus übernachtet.«

Markus war plötzlich hellwach:

»Wann war das, wann haben sie den gesehen?«

»Lassen sie mich nachdenken, ja, das war am Montag. Montag, das war der 13. Juli.«

»Sind sie da ganz sicher?«

»Ich bin sicher, dass das am Montag war, und dass der, den ich sah, einer aus der Gruppe war, hundertprozentig. Aber seinen Namen kenne ich nicht. Warten sie, das kann ich aber klären, geht ganz schnell.«

Gerd Rinderhagen griff zu seinem Handy und rief jemanden an.

»Moin Jens. Hier is Gerd. Ik heb dor een Fraag an di. Leste Maandag is doch een Kerl ut disse Penthaus-Kring för enig Dagen in dien Pension intrukken. Wets du, wo de Kerl heten deit?«

Gerd **Rinderhagen** schrieb etwas auf einen Zettel und sagte dann:

»Wees bedankt.«

Nach dem Telefonat sagte er zu Markus:

»Ich habe hier den Namen, der Mann hieß Sandholz.«

»Sandholz? So heißt aber keiner der Herren. Entweder haben sie sich geirrt und der Mann, den sie sahen, war dem, den sie meinen nur sehr ähnlich oder aber, der Sandholz hat einen falschen Namen benutzt. Ich werde ihnen morgen ein paar Bilder vorlegen. Es wäre gut, wenn sie uns auf den Fotos zeigen, welche Person sie meinen. Kann ich morgen bei ihnen vorbeikommen?«

»Gerne, meine Adresse ist Meyenburg & Gerd´s Höft, das ist in der Billstraße 16.«

Montag, 20.07. - Drohne gekauft

Helene kam gerade aus der Dusche, als ihr Handy klingelte. Auf dem Display erkannte sie, dass ihr Bruder Kurt anrief.

»Na du, hast du ausgeschlafen?«

»Schau mal, wie spät es ist, kurz vor 11 Uhr. Ich bin schon lange wach. Ich habe die Drohne. Richtig geil, was die alles kann.«

»Musst du dazu eigentlich eine Erlaubnis, oder so etwas Ähnliches haben?«

»Da haben wir doch schon darüber geredet. Wieso fängst du wieder damit an?«

»Ich möchte das ganz genau wissen, weil ich fürchte, dass deine Ideen nicht immer hundertprozentig sind und funktionieren. Ich hänge da mit drin, ich benötige Sicherheit. Bitte erklär mir alles noch einmal.«

»Das mit der Erlaubnis, das hat mir der Verkäufer auch gesagt. Stell dir vor, ich muss die Drohne registrieren lassen und benötige einen Führerschein für das Ding. Aber ich sage dir, das ist totaler Quatsch. Wer will mich denn überprüfen? Ich werde, wenn ich auf Juist bin, in einer einsamen Ecke der Insel mit dem Ding üben, damit ich es kann, wenn es darauf ankommt. Ich wette, das klappt schnell. Der Verkäufer wollte von mir auch Adresse und so was haben. Ich habe ihm falsche Angaben gemacht. Ich bin ja nicht blöd.«

»Und wie beabsichtigst du jetzt vorzugehen? Wie kommen wir an das Geld?«

»Ich rufe den Plaumann nachher an, drohe ihm noch mal mit Gewalt an seinen Kumpels und verlange, dass er das Geld bis Mittwoch hat.«

»Meinst du, der kann so viel Geld bis Mittwoch besorgen? 400.000 Euro? Meinst du, das geht?«

»Der hat doch die Möglichkeit, sich ein Darlehen aufzunehmen. Plaumann hat doch Sicherheiten genug. Außerdem bin ich davon überzeugt, dass er die Bullen nicht einschalten wird, denn dann käme ja heraus, dass die da oben, eine Leiche eingefroren haben. Verlass dich darauf, das klappt.«

»Und wenn er das Geld hat, wie willst du das mit der Drohne einkassieren?«

Kurt reagierte etwas sauer:

»Ich habe dir das doch auch alles schon mal erklärt. Wieso fragst du das schon wieder?«

»Ich kann mir das nur schwer vorstellen. Ich bin technisch nicht so gut drauf.«

»Ganz einfach, er muss mit dem Geld an einen von mir bestimmten Ort kommen. Dann komme ich mit der Drohne. Unter der Drohne habe ich einen großen Sack hängen und er muss die Kohle da reinpacken. Dann fliege ich mit der Drohne weg und keiner weiß, wo ich bin. So einfach sehe ich das Ganze. Hast du etwa Bedenken?«

»Weißt du eigentlich, wie schwer 400.000 Euro sind?«

»Na klar, das habe ich berechnet. 400.000 Euro, alles in 100 Euro Scheinen, das wiegt nicht mehr als ungefähr 5 kg. Die Drohne kann 8 kg tragen. Also kein Problem.«

»Warten wir ab, bis du hier bist, dann reden wir noch mal im Detail darüber. Wo steckst du jetzt?«

»Bin noch in Bremen, fahre gleich auf die Autobahn A 28, bin in ungefähr zwei Stunden in Norddeich. Versuche dann eine Fähre zu bekommen. Bis später.«

Helene legte das Handy zur Seite und dachte über das Telefonat nach. Irgendwie war sie nicht davon überzeugt, dass alles so einfach sein würde, wie Kurt es glaubte.

Erwischt

Als Markus das Büro der Meyenburg verließ, war er happy. Gerd Rinderhagen hatte eindeutig den Mann auf dem Foto identifiziert, der sich in der Nachbarpension unter dem Namen Sandholz eingemietet hatte. Jetzt haben wir ihn, doch zur Sicherheit besuchte er auch die Pension, zeigte der Inhaberin das Foto und bekam die Bestätigung, der Mann hatte unter dem Namen Sandholz dort gewohnt. Mit einem Gefühl von Genugtuung erreichte er die Polizeistation.

Er hatte gerade die Tür geöffnet, als sein Handy klingelte. Die Dienststelle in Aurich meldete sich und Markus hörte einfach nur zu.

Helga, die ihren Kollegen beobachtete, bemerkte, wie sich sein Gesicht ständig veränderte. Ein breites Grinsen konnte sie wahrnehmen.

Nach dem Gespräch strahlte er noch mehr und sagte:
»Wir können feiern. Wir haben sie erwischt.«
Eike, Hanke und Helga hielten die Spannung kaum aus und Eike fragte schließlich:
»Nun erzähl doch schon, was hast du zu berichten?«
Markus legte los:
»Wir hatten doch bei der Staatsanwaltschaft die Abhörung des Telefons von Kurt Krautmann und auch seiner Schwester Helene beantragt. Dem wurde stattgegeben und heute Morgen wurde ein Gespräch abgehört und aufgezeichnet. Krautmann telefonierte mit Helene, seiner Schwester. Die ist übrigens hier auf Juist. Und bei diesem

Gespräch hat er seinen kompletten Plan offenbart. Der Trottel hat wirklich bis ins Detail alles erzählt.«

»Was hatte er denn vor?«, Helgas Neugier war offensichtlich.

»Der Krautmann hat sich eine Drohne gekauft, will damit hier auf Juist üben. Will dann das Geld, die 400.000 Euro, mit der Drohne bei dem Professor, an einem von ihm bestimmten Ort abholen und damit unerkannt wegfliegen.«

»Der muss doch geistig ziemlich beschränkt sein«, Eike schüttelte den Kopf, »was der da vorhat, ist doch völlig oldschool. Heute gibt es doch ganz andere Möglichkeiten. Heute verlangen Erpresser die Zahlung in Bitcoins. Aber die Idee mit der Drohne, klingt zwar technisch ganz interessant, funktioniert doch in Wahrheit nie. Zumal, wenn der Erpresste die Polizei einschaltet. Eine Drohne abzufangen, ist doch kein Problem für uns.«

»Und wann wollte der Krautmann das Geld kassieren?«

»Plaumann sollte das Geld bis Mittwoch besorgt haben. Bei einer solchen Summe ist das allerdings kaum möglich.«

Hanke wollte wissen:

»Und was passiert jetzt? Wie erwischen wir den Kerl und seine Schwester?«

Markus wusste auch hier Bescheid:

»Er ist wohl gerade auf der Autobahn A 28 und fährt Richtung Norddeich. Kurz vor Emden versuchen die Kollegen ihn zu stellen. Wir werden davon erfahren. Wenn sie ihn erwischen, wird er hierher gebracht, damit der Fall lückenlos geklärt werden kann.«

»Jetzt wird mir langsam klar«, Helga grübelte, »der Kurt Krautmann muss derjenige sein, der auf den Walter Dachhauser geschossen hat. Er tat das, nur um den Plaumann unter Druck zu setzen und 400.000 Euro zu erpressen. Da er damit drohte, auch noch andere zu verletzen oder gar zu töten, stellt er für mich eine große Gefahr dar. Auslöser des Ganzen ist wahrscheinlich immer noch der Hass auf den Professor Plaumann, wegen des vermuteten ärztlichen Kunstfehlers. Wie tief die Helene damit drin hängt, bleibt abzuwarten. Jetzt müssen wir nur noch klären, wer Günther Kallenbach umgebracht hat. Wer ist der Messermörder?«

Der Pit

Auf dem Zettel, den Helene an der Tür ihrer Wohnung fand, stand in ungelenker Schrift zu lesen:

Heute Abend, 20 Uhr am Schiffchenteich. Du solltest kommen. Ist wichtig für die Gesundheit von Dir und von Kurti.
Gruß Pit

Helene war zu Tode erschrocken. Sie überlegte, woher der Typ ihre Adresse hatte. Helene bekam Angst. Sollte sie hingehen? Was würde passieren, wenn sie hingeht? Was würde passieren, wenn sie nicht hingeht?

Am liebsten hätte sie ihre Koffer gepackt und wäre abgereist. Aber das würde bedeuten, dass sie auf die Geldsumme, die bei der Erpressung für sie herausspringen würde, verzichten müsste. Und sie hielt es inzwischen gerecht, wenn der Plaumann für den Tod ihrer Schwester zumindest durch die Summe von 400.000 Euro büßen müsse. Egal, wie viel Geld Plaumann zahlt, keine Summe der Welt würde Alice würde wieder lebendig machen.

Aber da sie dem Plaumann nicht anderweitig Schaden zufügen können, wäre es schon gerecht, wenn der feine Herr wenigstens finanziell zur Ader gelassen würde.

Also entschloss sie sich zu bleiben und zum Schiffchenteich zu gehen. Da sind immer viele Menschen, da kann mir der Pit nichts anhaben.

Sie richtete es so ein, dass sie bereits 15 Minuten vor 20 Uhr den Schiffchenteich am Kurplatz erreichte. Es war nicht allzu viel los, aber fast alle Bänke waren besetzt. Sie fand einen Platz neben einem älteren Ehepaar und schaute dem Treiben auf dem Teich zu. Ein einzelner Junge, mit einem offensichtlich älteren Spielzeugsegelboot versuchte sein Schiff auf dem Teich zu behaupten, aber fünf andere Jungs, mit superschnellen Speedbooten machten ihm das Leben offensichtlich schwer. Helene konnte sich aber nicht auf den Machtkampf der Jungs konzentrieren, denn sie versuchte immer noch den Pit Stadler zu entdecken.

Die Besucherzahl reduzierte sich langsam und gegen 20:30 Uhr waren es nur noch wenige Menschen. Auch das ältere Ehepaar neben ihr war gegangen und der Junge mit dem Segelboot hatte sich offensichtlich bis zum Schluss behauptet. Der letzte Speedbootfahrer hatte soeben sein Schiff, offensichtlich wegen zu hoher Geschwindigkeit über die Mauer des Teichs katapultiert und war stinksauer, da das Boot scheinbar defekt war. Helene musste schmunzeln und sie wünschte dem Jungen mit dem Segelboot, dass er sich auch zukünftig nicht unterkriegen lassen würde.

Nur Pit Stadler war noch nicht erschienen. Helene schaute auf ihre Uhr. 20:43 Uhr. Sie stand auf und ging langsamen Schrittes in Richtung ihrer Pension.

Kurz bevor sie ihr Ziel erreichte, hörte sie Schritte hinter sich. Sie drehte sich um und erkannte Pit Stadler, der direkt hinter ihr lief. Er holte sie ein und sprach so leise, dass sie ihn gerade noch verstehen konnte:

»Da bist du ja, hast du auf mich gewartet?«, er grinste sie an. »Ich habe dich beobachtet.«

»Und warum bist du nicht zu mir gekommen und hast mich angesprochen?«

»Ich wollte doch sehen, ob du mich nicht verarscht hast und die Bullen im Hintergrund auf mich lauern. Hätte ja sein können, aber ich sage dir, wenn du mich verpfeifst, dann rappelt es im Karton.«

Als er sie am Arm packte, versuchte sie sich loszureißen, doch er war stärker. Sie rief ziemlich laut:

»Lass mich los, hau ab, was willst du überhaupt von mir?«

»Dir klarmachen, dass du und dein feiner Bruder, mich nicht verarschen könnt.«

Auch seine Stimme wurde inzwischen lauter und ein Ehepaar, das auf der anderen Straßenseite stehenblieb, war auf die Szenerie aufmerksam geworden.

Pit Stadler bemerkte, dass er beobachtet wurde, reduzierte seine Lautstärke und ließ Helen wieder los.

»Wann wollt ihr das Geld kassieren? Los, rück damit raus, ich erfahre es ohnehin.«

»Ich weiß es nicht«, Helene war ziemlich eingeschüchtert, »da musst du den Kurt fragen, ich habe mit der Sache sowieso nichts zu tun.«

»Wo ist der Kurt denn jetzt? Ich kann ihn nicht erreichen.«

»Das weiß ich auch nicht. Ich weiß das wirklich nicht, ich bin nämlich allein.«

Pit grinste: »Du bist ganz allein, du Arme. Du brauchst keine Angst zu haben, ich bin ja bei dir.«

Helene wurde von einem kalten Schauer gepackt und Pit fuhr fort:

»Wir können ja zu dir gehen, in dein Bettchen, da zeige ich dir, wie ich dich beschützen werde.«

Helenes Stimme war voller Angst und sie schrie:

»Verdammt, hau ab, lass mich in Ruhe, wenn du nicht verschwindest, schreie ich um Hilfe!«

Das Ehepaar auf der anderen Straßenseite, das inzwischen schon ein paar Schritte weitergegangen war, blieb erneut stehen und der Mann rief:

»Was ist da los? Lassen sie sofort die Frau in Ruhe oder ich rufe die Polizei!«

Da Pit Stadler bemerkte, dass inzwischen auch Anwohner der umliegenden Häuser auf ihn aufmerksam wurden und am Fenster standen, packte er Helene erneut an Arm und schob sie vorwärts in Richtung ihrer Pension. Helene wehrte sich, er drückte sie fester, Helene stolperte und fiel auf das Straßenpflaster.

»Hilfe!«

Ihr Schrei war voller Angst, den Schmerz des Sturzes nahm sie gar nicht wahr.

Pit hatte seine Absichten noch nicht aufgegeben und bemühte sich, Helene wieder auf die Beine zu helfen, doch die kam aus eigener Kraft wieder hoch.

Das Ehepaar war inzwischen näher herangekommen, der Mann ließ seine Frau stehen und lief schneller, um Helene helfen zu können.

Pit Stadler bemerkte das erst, als der Mann ihn am Arm packte und von Helene wegziehen wollte. Pit drehte sich um, holte aus und schlug zu, doch sein Schlag verfehlte das Ziel, denn der Mann wich der Faust blitzschnell zur

Seite aus und konterte, indem er Pit von der Seite mit einem Hieb erwischte und niederstreckte.

Jetzt lag Pit am Boden und wollte sich langsam wieder aufrappeln, doch der Mann, der über ihm stand, meinte:

»Bleib lieber liegen, wenn du aufstehst, liegst du gleich wieder unten.«

Pit Stadler murmelte von unten:

»Was willst du, ich habe dir doch gar nichts getan. Kümmere dich um deinen eigenen Kram. Hau bloß ab.«

»Mir hast du nichts getan, aber der Frau hier.«

Helene hatte sich mittlerweile wieder etwas beruhigt und bedankte sich bei dem Helfer.

Pit stand langsam auf und behielt seinen Bezwinger fest im Auge, zu Helene gewandt zischte er:

»Ich erwische dich schon noch, du dämliche Schlampe.«

»Und ich erwische dich jetzt, nein, ich habe dich schon.«

Oberkommissar Hanke Hinrich war unbemerkt von Pit mit dem Polizei-Quad auf der Bildfläche erschienen. Anwohner, die die Auseinandersetzung beobachteten, hatten die Polizei verständigt.

Hanke drehte Pits Arm nach hinten, legte ihm Handschellen an und sagte:

»Sie sind noch nicht verhaftet, ich will erst einmal klären, was hier passiert ist und möchte sie nur ruhig stellen.«

Hanke stellte die Personalien der Beteiligten fest und machte sich Notizen. Auch die Adressen zweier Anwohner, die sich als Zeugen gemeldet hatten, nahm Hanke auf. Er bedankte sich bei dem Helfer und meinte:

»Danke für ihre Zivilcourage, dass sie eingegriffen haben und der Frau Krautmann halfen, ist nicht selbstverständlich.«

»Ich habe mir schon als junger Mann einige asiatische Kampftechniken antrainiert und die konnte ich heute zum ersten Mal ernsthaft nutzen.«

Hanke schmunzelte, als er sagte:

»Schade, dass sie nicht immer gerade dort sind, wo etwas passiert. Aber noch einmal. Machen sie es gut.«

Dann bat er Helene, nach Möglichkeit jetzt noch auf die Dienststelle der Polizei zu kommen.

Helene stimmte zu und sagte:

»Ich bin im Moment so aufgeregt, ich kann jetzt ohnehin noch nicht schlafen, ich komme dahin.«

Hanke wandte sich an Pit:

»Ich nehme sie jetzt fest wegen Körperverletzung, alles andere werden wir im Gespräch mit ihnen noch klären.«

Hanke verfrachtete den Festgenommen im Polizei-Quad und bat Helene, zu Fuß zu gehen, da nur zwei Personen mitfahren können.

Erpresser wird überführt

Markus und Helene saßen im Verhörzimmer der Polizeistation mit Kurt, der kurz zuvor mit dem Polizeihubschrauber nach Juist gebracht wurde.

Markus begann das Gespräch:

»Herr Krautmann, unsere Kollegen haben sie in Emden stellen können, kurz, nachdem sie die Autobahn verlassen hatten. Wir haben nach ihnen gefahndet, weil sie im Verdacht stehen, Professor Plaumann erpresst zu haben. Sie verlangten von ihm 400.000 Euro. Geben sie das zu?«

»Was soll ich zugeben, das ist doch Bullshit, was sie mir vorwerfen. Ich habe niemanden erpresst. Und wie heißt der Mann? Professor Baumann? Kenne ich nicht.«

»Das glaube ich ihnen, dass sie Professor Baumann nicht kennen, ich sprach von Professor Plaumann. Jetzt sagen sie nicht, dass sie den nicht kennen. Sie sind wegen schwerer Körperverletzung vorbestraft, weil sie genau diesen Professor Plaumann mit Baseballschlägern traktiert haben. Ihr Bruder ist deswegen immer noch in Haft. Wissen sie jetzt, wen ich meine?«

Kurt sah seine Felle davonschwimmen und erwiderte:

»Ja, den kenne ich, aber den habe ich doch nicht erpresst.«

»Dann hören Sie bitte einmal zu.«

Markus spielte die Aufzeichnung des Telefonats ab, das Kurt mit Helene geführt hatte.

»Wie kommen sie dazu, ein Telefongespräch von mir aufzuzeichnen. Das ist doch verboten, das dürfen sie gar nicht.«

»Sie irren. Die Staatsanwaltschaft darf eine Telefonüberwachung immer dann anordnen, wenn ‚Gefahr in Verzug' ist. Und dass Gefahr von ihnen droht, haben wir sogar erfahren. Als wir in einem Gespräch mit Professor Plaumann waren, riefen sie an und wir haben das Gespräch mitgehört. Dann gibt es noch einen Anruf von ihnen bei Professor Plaumann, den er selbst aufgezeichnet hat. Wenn wir also die Aufzeichnungen, die wir haben, mit ihrer Stimme vergleichen, und das ist technisch durch unsere wissenschaftlichen Mitarbeiter sehr einfach, was glauben sie, was da herauskommen wird? Nächster Punkt. Warum haben sie eigentlich auf den Herrn Dachhauser geschossen? Das konnten wir ja vorhin hören, sie haben die Tat bei dem Erpressungsanruf bei Professor Plaumann zugegeben. Möchten Sie nicht lieber gleich ein Geständnis ablegen und uns sie Erpressung und die schwere Körperverletzung eingestehen?«

Die Tür öffnete sich, Hanke kam herein und schob Helga einen Zettel zu. Helga las den Inhalt des Zettels und schaltete sich dann in das Gespräch in:

»Gerade ist ihre Schwester Helene hereingekommen. Die wurde bei einem Angriff ihres Kumpels Pit Stadler attackiert und leicht verletzt, den haben wir übrigens auch festgenommen.«

Kurt Krautmann war am Ende, aber der Angriff auf seine Schwester ließ ihn explodieren:

»Verdammt noch mal, der Plaumann ist doch nicht unschuldig, der oder einer seiner Kumpel hat doch jemanden umgelegt. Da liegt doch eine Leiche bei denen in der Gefriertruhe.«

»Sie irren schon wieder, erstens ist kein Toter in der Gefriertruhe und zweitens hat der Herr Plaumann niemanden umgebracht. Aber das hat mit ihrem Fall nichts zu tun. Sie werden wegen räuberischer Erpressung angeklagt. Die vorliegenden Beweise sind eindeutig und ihre Fantasie 400.000 Euro mit einer Drohne zu kassieren, sind gescheitert. Dann kommt die schwere Körperverletzung hinzu. Da glauben wir allerdings nicht, dass sie vorhatten, den Herrn Dachhauser zu töten. Dessen Verletzungen sind allerdings schwer, Lebensgefahr besteht noch immer. Herr Krautmann, sie bleiben in Untersuchungshaft. Ihre Rechte sind ihnen bekannt, sie werden morgen zu der Polizeiinspektion in Aurich verbracht und einem Untersuchungsrichter vorgeführt. Sie erfahren dann, wie es mit ihnen weitergeht.«

Kurt Krautmann wurde behelfsmäßig in einem Raum untergebracht, da es auf der Polizeistation nur eine Haftzelle gab, aber in der saß bereits der verhaftete Pit.

Helene erkannte sehr schnell ihre Lage, nachdem Markus und Helga sie mit den Fakten konfrontiert hatten. Sie gestand, dass sie über die Erpressung informiert und letztlich Kurts Aktivitäten unterstützt hatte. Da eine aktive Gefahr von ihr nicht drohte, wurde gegen sie wegen der Teilnahme an einer Erpressung angezeigt, aber danach auf freien Fuß gesetzt, da keine Fluchtgefahr bestand.

Der Arbeitstag von Markus und Helga war gegen Mitternacht beendet.

Als sich Markus von Helga verabschiedete, sagte er:

»Und morgen holen wir uns den Mörder.«

Das Finale

Markus hatte Helga in Kenntnis gesetzt und sie verabredeten, wie sie vorgehen würden. Sie klingelten an der Tür des Penthauses.

Manuel öffnete die Tür und begrüßte die beiden Polizisten. Er bat sie herein und sie nahmen zu dritt im Wohnzimmer Platz und nach einigen Augenblicken kamen auch Professor Plaumann und Kai Sageball hinzu.

»Ja, meine Herren«, eröffnete Markus das Gespräch, »der Fall wird heute endgültig abgeschlossen, wir haben den Erpresser gefasst und gestanden hat er auch schon.«

»Dann wissen sie also, wer den Günther getötet und den Walter angeschossen hat?«, wollte Kai wissen.

»Wir erklären Ihnen alles, bitten aber noch um ein wenig Geduld. Wir werden mit ihnen jetzt ein paar Einzelgespräche führen, um noch ein paar Details zu klären. Es wäre gut, wenn wir das so machen, dass Frau Weilburger und ich hier im Wohnzimmer bleiben, mit ihnen, Herr Plaumann fangen wir an. Sie Herr Sageball und sie Herr Wallmann, gehen bitte jeweils in ihre eigenen Zimmer und warten, bis wir sie holen. Bitte bleiben Sie aber allein, wir wollen verhindern, dass sie sich miteinander verabreden beziehungsweise absprechen. Können wir uns darauf verlassen?«

Die drei Männer stimmten zu und Manuel und Kai verließen das Wohnzimmer. Die Polizisten konnten beobachten, dass sie in ihren jeweiligen Zimmern verschwanden.

»Herr Plaumann, wie gesagt, wir haben den Erpresser. Herr Krautmann, das war der, der sie vor ein paar Jahren mit dem Baseballschläger schwer verletzte. Zumindest einer von beiden, und zwar der Jüngere. Der hegt immer noch Rachegedanken wegen seiner verstorbenen Schwester. Kurt Krautmann war auch der, der den Walter Dachhauser anschoss. Er wollte damit seiner Drohung Nachdruck verleihen und sie damit weiter unter Druck setzen.«

»Ich kann es nicht fassen, dass ein Mensch so gewalttätig sein kann. Aber der Krautmann war doch sicher nicht der einzige Täter. Das kann man doch kaum allein bewerkstelligen. Sehe ich das richtig?«

»Der Krautmann hat ja schon bewiesen, dass er gewaltbereit ist, als er sie mit dem Baseballschläger angriff. Dann kam er ins Gefängnis und da wird ein Krimineller nicht unbedingt zu einem Engel erzogen, im Gegenteil. Das war auch in diesem Fall so. In seiner Zelle war er zusammen mit einem anderen Kriminellen und den weihte er in sein Vorhaben ein. Beide wurden ungefähr zum gleichen Zeitpunkt aus der Haft entlassen und dann hat sich der Zellengenossen zum Trittbrettfahrer entwickelt. Der kam dann auch hier nach Juist und hängte sich an die Erpressung dran und wollte einen Anteil von Krautmann. Den haben wir allerdings auch schon gefasst.«

»Da haben sie ja ganze Arbeit geleistet. Aber warum hat der Krautmann eigentlich den Günther getötet?«

»Herr Plaumann, das ist eine ganz andere Geschichte, zu der kommen wir gleich. Aber zurück zur Erpressung. Der Herr Krautmann hatte noch eine Unterstützung, eine moralische sozusagen. Eine Frau gab ihm Rückendeckung, eine Frau, die sie gut kennen.«

»Wer war das? Wie heißt die Frau?«

»Helene, Helene Krautmann, die angebliche Geliebte von ihrem Freund Walter Dachhauser. Helene war ja mit hier im Penthaus.«

»Das haut mich jetzt aber um, die Helene, die kenne ich ja schon länger, mit der habe ich sogar schon Golf gespielt. Eine so attraktive Frau und so kriminell.«

Helga musste lachen:

»Herr Plaumann, nicht alle Verbrecher sind hässlich und unattraktiv.«

»Stimmt, da besteht wirklich kein kausaler Zusammenhang. Jetzt wird mir auch klar, warum sie nicht mit nach Düsseldorf zurückwollte.«

»Herr Plaumann, es gibt noch viele Details, über die wir sprechen können und auch noch müssen, aber jetzt geht es mir um die Aufklärung des Mordes an Günther Kallenbach. Sie kannten ja ihren Freund Günther gut, bitte erzählen Sie uns mehr über Günther, auch über sein Privatleben.«

»Uber Günther kann man sehr viel erzählen. Er war ja Rechtsanwalt, aber in meinen Augen kein typischer. Er war nicht spießig, war kein Bürokrat. Günther war ein lebensfroher, positiv wirkender Mensch. Kein Draufgänger. Uns verband eine echte Männerfreundschaft. Mit ihm konnte man Pferde stehlen.«

Helga fragte:

»Wie verhielt er sich Frauen gegenüber?«

»Da war er eher ein Hallodri. Er flirtete gern und war seiner Frau gegenüber untreu. Aber die tolerierte das offensichtlich. Er war hinter jedem Rock her, wie man so sagt.«

»Wissen sie, mit wem er derzeit ein Verhältnis hatte?«

»Da will ich mich nicht festlegen. Hierhin war ja die Claudia mitgekommen, die arbeitete in einem Autohaus. Bei der hat er seinen letzten Wagen gekauft und schon hat es geschnackelt. Das war aber wahrscheinlich nicht die Einzige. Aber Namen habe ich nicht parat.«

Markus hakte nach:

»Hat einer von ihren Freunden jemals versucht, mit einer Frau eines anderen hier aus der Gruppe etwas anzufangen?«

»Das kann sein. Aber es war eher umgekehrt. Die Frau von Kai, die heißt Romy, die hat mal versucht, mit mir etwas anzufangen. Die ist nicht berufstätig, hat viel Zeit und ihr Mann ist in seinem Restaurant gut beschäftigt, da kann es sein, dass sie sich vernachlässigt fühlt. Aber sie war und ist nicht mein Typ und außerdem würde ich nie etwas mit der Frau eines Freundes anfangen.«

»Wie hätte Günther auf die Romy reagiert?«

»Da bin ich sicher, der wäre mit Romy sofort im Bett gelandet. Aber ich glaube nicht, dass zwischen der Romy und dem Günther was war.«

»Vielen Dank, Herr Plaumann, wir würden jetzt gern den Herrn Sageball sprechen, den Kai.«

»Gut, ich sage ihm Bescheid und gehe dann in mein Zimmer. Bis später.«

Kai kam herein und fragte:

»Kann ich mir etwas zum Trinken holen?«

»Bitte, holen sie sich einen Drink.«

Kai kam mit einem großen Glas Cola aus der Küche zurück und fragte:

»Ich habe sie beide gar nicht gefragt. Möchten Sie auch etwas trinken?«

Beide Polizisten verneinten und dann eröffnete Helga das Gespräch:

»Herr Sageball, sie sind ja nicht mit den anderen, mit dem Flugzeug angereist. Wie war das noch einmal bei ihnen, wann sind sie hier auf Juist angekommen?«

»Ich? Wann ich hier angekommen bin? Na, wann war das? Das muss an dem Mittwoch gewesen sein. An dem Tag, als wir den Günther gefunden haben.«

»Also am Mittwoch, das war der 15.7.? Stimmt das?«

Kai wirkte etwas verwirrt:

»Warum fragen sie mich das alles? Sie wissen doch, dass Mittwoch der 15. war.«

»Haben sie noch das Ticket von der Fähre?«

»Nein, das habe ich weggeworfen?«

»Weggeworfen? Warum denn das?«

»Weil ich es nicht mehr brauche. Ich fliege doch mit Wolfgang wieder zurück.«

»Ach so, richtig«, Markus ließ nicht locker, »wie sind sie denn nach Norddeich gekommen?«

»Na, mit dem Auto, ach nein, mit dem Zug. Entschuldigung, ich bin etwa durcheinander.«

»Dürfen wir denn ihr Zugticket einmal sehen?«

»Ich weiß nicht, ob ich das noch habe, ich brauche es ja auch nicht mehr.«

Helga wollte wissen: »Sie sind doch Unternehmer und selbstständig. Brauchen sie denn das Ticket nicht als Reisekostenabrechnung dem Finanzamt gegenüber?«

Kai reagierte etwas unwirsch:

»Das hier ist eine private Reise. Sie glauben doch wohl nicht, dass ich das Finanzamt bescheiße? Sie fragen und fragen und glauben mir offensichtlich nicht, dass ich angereist bin. Schauen Sie her, da bin ich. Da fällt mir gerade ein, ich habe Zeugen. Ich bin mit derselben Fähre gekommen wie Manuel und sein Freund Friedhelm. Wir haben uns auf der Fähre getroffen. Da können sie ruhig fragen.«

»Das haben wir schon. Wir wissen, dass sie den Manuel und den Friedhelm im Hafengebäude, beim Aussteigen getroffen haben. Nicht auf der Fähre.«

»Das ist doch dasselbe. Wir waren auf derselben Fähre. Wir haben uns aber erst bei der Ankunft gesehen. Glauben sie mir nicht?«

»So ist es, wir glauben das nicht. Sie hätten genauso gut schon Tage vorher angereist sein können und da sie die Ankunftszeit von Manuel und Friedhelm kannten, hätten sie leicht in dem Getümmel bei der Ankunft untertauchen können und so vortäuschen, dass sie gerade angekommen seien.«

»Hätte, hätte, Fahrradkette. So war es aber nicht.«

»Herr Sageball, kennen sie einen Herrn Sandholz?«

»Sandholz? Nein, wer soll das sein?«

»Sandholz ist ein Gast, der schon am 13. Juli in die Pension Friesenzauber in der Billstraße einzog.«

Kai wurde immer kleiner in seinem Sessel und schwieg.

Markus wurde energisch:

»Herr Sageball, wir beschuldigen sie, dass sie am 15. Juli ihren Freund Günther im Penthaus erstochen haben.

Es macht die Sache für sie und uns einfacher, wenn sie gestehen.«

»Nein, ich war das nicht. Haben sie denn irgendwelche Beweise, dass ich das war? Haben sie Fingerabdrücke oder andere Spuren?«

»Ja, das haben wir. Wir haben das Messer, mit dem sie zugestochen haben und wir haben den Brief, den sie mit vielen Schreibfehlern erstellt haben.«

»Und? Sind da etwa Fingerabdrücke auf dem Messer oder auf dem Brief?«

»Nein, Fingerabdrücke, wie sie sie aus dem Fernsehen kennen, haben wir nicht gefunden. Sie waren so schlau, Handschuhe zu tragen. Aber nicht schlau genug. Sie wissen nämlich nicht, welche Methoden bei der Polizei neu entwickelt werden, um Spuren an Tatorten oder Waffen zu finden. Seit einiger Zeit setzen wir auch die FPS-Methode ein. FPS heißt ‚Finger Pressure Sensors'. Damit können wir zum Beispiel feststellen, dass Finger Druck auf einen Gegenstand ausgeübt haben.«

Helga glaubte nicht richtig zu hören, blieb aber absolut ruhig.

Markus fuhr fort:

»Und damit können wir nachweisen, dass sie das Messer in der Hand hatten. Eindeutig, ihre Finger haben das Messer angefasst und wir haben auf dem Brief Spuren von ihren Fingern gefunden.«

»Meine Finger? Das kann doch jeder andere auch gewesen sein.«

»Nein, nicht jeder andere, denn aufgrund der Abdrücke, die wir mit FPS festgestellt haben, können es nur ihre Finger sein. Und wissen sie, warum? Über FPS konnten wir ermitteln, dass der Täter an der linken Hand eine Verletzung hat. Dem Täter fehlt die Fingerkuppe des linken Mittelfingers. Bitte zeigen Sie mir ihren linken Mittelfinger.«

Kai brach zusammen und er begann hemmungslos zu weinen.

Markus wartete, bis Kai sich etwas beruhigt hatte und fragte dann:

»Warum haben sie Günther Kallenbach getötet?«

»Das Schwein hat versucht, mir meine Frau wegzunehmen. Die Romy gehört mir, die lasse ich mir nicht wegnehmen.«

»Ihre Frau ist doch nicht ihr Eigentum, aber woher wissen sie, dass der Herr Kallenbach das vorhatte?«

»Das hat Romy mir erzählt, sie hat mir gesagt, dass sie mich verlassen will, weil sie sich in Günther verliebt hat. Das ertrage ich nicht. Darum musste er sterben. Das gehört sich einfach nicht, dem Freund die Frau auszuspannen. Günther ist ein Dreckschwein.«

»Herr Sageball, ich verhafte sie wegen Mordes an Günther Kallenbach. Über ihre Rechte wurden sie informiert. Sie werden heute noch einem Untersuchungsrichter zugeführt. Alles Weitere erfahren sie dann.«

Als Hanke den Verhafteten aus dem Raum geführt hatte, schaute Helga ihren Kollegen an, schmunzelte und meinte:

»FPS hat auch noch eine andere Bedeutung. Kennst du die?«

»Nein«, Markus grinste, »welche meinst du?«

»Fleißige Polizisten Schwindeln«

Markus fragte:

»Hast du seine grünen Augen gesehen? Dazu fällt mir natürlich ein passender Song von AC/DC ein.«

Und ohne Helga zu erklären, dass der Song ‚Evil Walks' hieß, sang er los:

»Your green eyes couldn't get any colder, there's bad poison runnin' through your veins, evil walks behind you, evil sleeps beside you, evil talks around you, evil walks behind you«

Personen im Krimi

Markus Niemand, Kriminalhauptkommissar, arbeitet bei Polizeiinspektion Aurich/Wittmund, wohnt in Südbrookmerland
Helga Weilburger, Kriminalkommissarin, Kollegin von Markus Niemand, wohnt in Aurich
Eike Haferland, Polizeihauptkommissar, Leiter der Polizeistation Juist
Hanke Hinrich, Oberkommissar, arbeitet saisonal in der Polizeistation Juist
Prof. Dr. Wolfgang Plaumann, Klinikchef aus Meerbusch bei Düsseldorf, wohnt in Düsseldorf-Oberkassel, 48 Jahre alt
Monika Plaumann, Ehefrau von Wolfgang, 44 Jahrs alt
Sophie Schmitz, ist die Geliebte von Wolfgang Plaumann, Verwaltungsleiterin in der Klinik von Plaumann, 38 Jahre alt
Walter Dachhauser, Unternehmensberater aus Düsseldorf, 49 Jahre alt
Inge Dachhauser, Ehefrau, arbeitet als MTA bei einem Herzchirurgen in Düsseldorf, 44 Jahre alt
Helene Krautmann, leitet die Marketingabteilung bei einem Pharmaunternehmen in Köln, potenzieller Kunde von Dachhauser, Geliebte von Walter, 29 Jahre alt
Günther Kallenbach, Rechtsanwalt, lebt in Düsseldorf und hat dort eine gut gehende Anwaltskanzlei, 46 Jahre alt
Renate Kallenbach, Günthers Ehefrau, Inhaberin einer Boutique in der Düsseldorfer Altstadt, 40 Jahre alt
Claudia Karges, die Geliebte von Günther, Verkäuferin in einem Düsseldorfer Autohaus, 36 Jahre alt
Manuel Wallmann, Coiffeur-Saloninhaber, lebt in Düsseldorf, 42 Jahre alt
Knut Eigenhardt, Ehemann von Manuel Wallmann, 46 Jahre alt

Friedhelm Martinez, Innenarchitekt aus Neuss Geliebter von Manuel Wallmann, 36 Jahre alt
Kai Sageball, Edel-Gastronom aus Düsseldorf, 51 Jahre alt
Romy Sageball, Ehefrau von Kai, 43 Jahre alt
Marianne Bertrand, Geliebte von Kai, arbeitet als Model für ein Kaufhaus in Düsseldorf, 31 Jahre alt
Kurt Krautmann, Helenes jüngerer Bruder
Peter Meersmann, Urlauber auf Juist, Zeuge, hat Täter gesehen
Hannelore Esken, genannt Hanni, Kellnerin im Heelbutten
Pit Stadler, Knastbruder von Kurt
Hausmeister Scholz

Autor Michael Tosch

Ich bin Michael Tosch, Jahrgang 1944 und lebe in Rüdesheim am Rhein.

Als Coach für Manager habe ich Führungskräfte und solche, die es werden wollten, beraten, trainiert und zum Erfolg verholfen. Hauptsächlich ging es um die Verbesserung der Kommunikationsfähigkeiten, der Rhetorik, sowie bei Präsentationen und Mitarbeiterführung.

Während meiner mehr als vierzigjährigen Praxis schrieb ich diverse Fach- und Drehbücher, führte Regie bei Lehrfilmen und agierte dabei auch als Schauspieler.
Diese Erfahrungen brachten mich letztendlich dazu Bücher zu schreiben. Meine Erfahrungen als Vater und Großvater zeigten mir den Weg zum Jugendbuch und viel Fantasie und Kreativität zum Autor von Kriminalromanen.

.

Leseprobe

Juist-Krimi

Auch ein Mörder macht mal Urlaub

Michael Tosch

ISBN: 978-3-754949-33-7

Rolf Siemann hatte für sich eine Wattführung gebucht. Das hatte er schon im vergangenen Jahr machen wollen, doch bisher fehlte ihm die Zeit dazu. Er wartete in der Carl-Stegmann-Straße, vor dem Gebäude des Nationalpark-Hauses auf Juist auf den Start. Es waren offensichtlich nicht zu viele Teilnehmer, denn er hatte gezählt und kam auf elf. Eigentlich hatte er mit einer sehr viel größeren Gruppe gerechnet. Der Wattführer, ein junger Mann, kam aus dem Haus und stellte sich mit Hannes vor. Er verkündete, dass sie noch auf eine kleine Gruppe, einen Lehrer, mit seiner Schulklasse warten würden. Kaum hatte er ausgesprochen, kam ein Mann, offensichtlich der Lehrer, mit sechs Schülern um die Ecke.

Er entschuldigte sich bei Hannes: »Von meinen 16 Schülern, die mit hier auf Juist sind, wollten nur diese sechs zur Wattführung mitkommen. Der Rest hat es vorgezogen, bei dem schönen Wetter lieber an den Strand zu gehen und zu schwimmen.«

Rolf überlegte einen Moment, denn dieser Lehrer kam ihm irgendwie bekannt vor. Aber dann verdrängte er den Gedanken, da ihm nichts weiter dazu einfiel. Die Gruppe marschierte los und folgte Hannes, dem Wattführer. Plötzlich kam ihm ein Gedanke. Er glaubte, ihn erkannt zu haben und überlegte, ist das nicht der Kerl, der dem Mädel etwas in den Drink geschüttet hat? Der Typ aus dem Krullerkopp?

Als sie mitten im Watt standen und sich der Lehrer etwas abseits von seinen Schülern aufhielt, schlich Rolf an ihn heran und flüsterte, denn es sollte ja von keinem gehört werden.

»Ich kenne sie, ich habe sie am Mittwochabend im Krullerkopp gesehen.«

Der Lehrer versuchte seinen Schreck zu verbergen und zögerte etwas.

»So? Krullerkopp? Was soll das sein?«, fragt er zurück.

Rolf wurde mutiger: »Das wissen sie ganz genau, sie haben sogar dasselbe Hemd an, wie an dem Abend.«

»Was wollen Sie?«, herrschte ihn der Mann an.

»Ich habe gesehen, wie sie der Frau etwas in den Drink gekippt haben. Das waren KO-Tropfen, denn der Frau ging es hinterher sehr dreckig.«

»Das geht sie überhaupt nichts an, hauen sie bloß ab.«

Der Lehrer entfernte sich und ging hinüber zu seinen Schülern. Nach einiger Zeit, Hannes erzählte gerade etwas von den Sandpierwürmern, kam der Lehrer plötzlich auf Rolf zu. Er hatte sich offensichtlich wieder gefangen und sprach jetzt ebenfalls im Flüsterton.

»Wir sollten mal miteinander reden, aber nicht hier.«

Rolf stimmte zu und nickte.

»Haben sie morgen Abend Zeit?«, fragte der Lehrer.

Rolf zögerte.

Der Lehrer setzt nach: »Sie sollten Ja sagen und kommen. Es wäre kein Nachteil für sie.«

»Okay«, stimmte Rolf jetzt zu, »ich habe morgen Zeit, ich kann kommen. Wann und wo wollen wir uns treffen?«

Der Lehrer überlegt einen Augenblick und sagt dann leise: »Ich muss mich abends erst um meine Schüler kümmern. Ich könnte sie um 22:00 Uhr treffen. Kennen sie die Domäne Loog?«

»Ja, kenne ich«, flüstert Rolf zurück, »da war ich schon mal. Ok, ich komme, morgen Abend um zehn Uhr.«

»Wir treffen uns am Eingang, okay?« Der Lehrer ging wieder zurück zu seiner Schülergruppe.

Bis zum Ende der Wattführung dachte Rolf über das Gespräch nach. Sie sollten Ja sagen und kommen, es wäre kein Nachteil für sie, hatte der Kerl gesagt.

Was meinte er damit? Will er mir Geld anbieten, Schweigegeld? Wenn er mir nichts anbietet, werde ich von ihm etwas verlangen. 10.000 oder evtl. 20.000 Euro?

Rolf grübelte, denn mit Erpressungen hatte er zu wenig Erfahrungen, von zwei, drei Geschichten einmal abgesehen.

Weitere Bücher des Autors

Rüdesheim-Krimi

Verdammt noch mal ich bring dich um

Michael Tosch

ISBN 978-3-756532-27-8

Ein Geldtransporter wird von fünf Männern überfallen und ausgeraubt. Einer entkommt mit der Beute und versucht, sich eine neue Identität zu verschaffen.

Nachdem er eine Frau kennenlernt und sich verliebt, zieht er mit ihr nach Rüdesheim am Rhein.

Der Versuch, sich eine neue, bürgerliche Existenz aufzubauen, wird infrage gestellt, als ein aus dem Gefängnis ausgebrochener Ex-Kumpan und die Mafia sich auf die Suche nach dem geraubten Geld machen.

Kriminalhauptkommissar Björn Beckmann und Kriminalkommissarin Sonja Krautmann vom K11 des Polizeipräsidiums Westhessen in Wiesbaden werden mit dem Fall betraut, als in Rüdesheim zwei Menschen ermordet werden.

Historien-Krimi

Niemals kann ich Euch vergeben

Michael Tosch

ISBN 978-3-757501-53-2

Ulrich von Olmen ist gerade erst 12 Jahre alt, als er erleben muss, dass sein Vater von Bütteln des Inquisitors niedergeschlagen und abgeführt wird. Er erwacht am nächsten Morgen im Hause seines Onkels Walter von Glaubitz in Mainz. Ulrich steht immer noch unter Schock. Der Onkel ist ein Domherr beim Erzbischof Uriel von Gemmingen und verspricht seinem Neffen, sich um ihn zu kümmern.

Der Erzbischof bestimmt, dass der Junge in die Hände des Heinrich Brömser von Rüdesheim gegeben werden soll. Heinrich Brömser nimmt sich des Jungen an und kümmert sich um dessen Erziehung und Ausbildung.

Die Inquisition verurteilt den Vater zu 10 Jahren Kerkerhaft. Außerdem werden seine Besitztümer und sein Vermögen beschlagnahmt.

Am Brömserhof in Rüdesheim lernt Ulrich den drei Jahre älteren Burkhard von Ommen kennen, der ausgebildeter Knappe ist. Die beiden werden Freunde und Burkhard unterweist Ulrich in Waffen- und Kampftechniken.

Der heranwachsende Ulrich macht seine ersten Erfahrungen mit Frauen und der Liebe und wird langsam ein Mann.

Mehrere Anschläge auf sein Leben übersteht Ulrich fast unbeschadet und deckt zusammen mit seinem Freund und unter dem Schutz von Heinrich Brömser, Verstöße gegen Regeln und Gesetze auf. Geistliche verlangen von Frauen Sex, Adlige entführen Menschen und Ulrich leidet unter den unterschiedlichen Auslegungen des Rechts.

Inzwischen breiten sich die Unruhen der Bauern auch im Rheingau aus. Die Aufständischen haben gemeinsam mit Heinrich Brömser Forderungen formuliert, die sogar von Erzbischof Albrecht von Brandenburg gebilligt werden.

Georg Truchseß von Waldburg schloss sein Heer mit anderen zusammen und fordert im Namen des Kaisers die Mainzer und den Rheingau auf, sich auf Gnade oder Ungnade zu unterwerfen. Das Bistum Mainz und der Rheingau müssen akzeptieren und verlieren ihre Freiheit.

Doch am Ende gelingt es, aufzuklären, wer Ulrich nach dem Leben trachtete und wer seinen Vater verleumdete.

Kinderbuch

Marvins Abenteuer

Wie Marvin den Krieg der Tiere verhinderte

Michael Tosch

ISBN: 978-3-754943-94-6

Marvin, ein neunjähriger Junge, wird durch eine magische Schlange in die Lage versetzt, die Sprache der Tiere zu verstehen. Sie bringt ihn zu den Tieren des Grünwaldes. Diese bitten ihn ein Problem zu lösen, denn die Tiere des Buschlandes wollen die Tiere des Grünwaldes aus dem Wald vertreiben.

Marvin führt mit beiden Seiten Gespräche und als sein Opa ihm einen Ratschlag gibt, stellt er eine Falle und entdeckt, wer hinter der Intrige steckt.

ISBN 978-3-7565-1135-8

www.epubli.de